길 위의 인생 수업

길 위의 인생 수업

보름달이 건너가도록 밤은 깊었다

김정한 지음

MIRAE
BOOK

프롤로그

인생이라는 것이,
눈앞에 보이는 것만 바라보고 살아가는 것이 아니더라.
좀 더 먼 곳을 바라보며,
무럭무럭 자라는 맑고 고운 꿈나무를 위해 살아가는 거더라.
아름다운 것을 향하여, 보람 있게 나의 일을 하는 거더라.
먼지 낀 현실 속에서도 꿈나무를 향하여 씩씩하게 걸어가는 거더라.

집이 싫어 까만 동굴 속에서 죽은 듯 지내다가,
꺼이꺼이 소리 내어 울어도 보고,
폭포수 같은 눈물을 쏟아도 보니,
그 시간도 내 인생이라는 걸 알게 되었소.
이제는 사랑하게 되었소.

하늘이시여! 용서하시라.
애써 부정하며 밀어냈던 것들,
집이 초라하다고 방치하며 지내온 내 하루를
어여삐 여기시라.

미워하며 보낸 만큼 고난의 시간도 길었소.
참으로 힘들었소.

하늘이시여, 모두 용서하시라.
엘이디 샹들리에도 좋지만, 주광색 형광등이 편하오.
먼지 가득한 오두막집이라도
하나의 형광등을 밝혀 두고 주인을 기다려 준
내 집이 좋소.

주광색 형광등을 밝혀 두고
밤낮으로 제 살에서 실을 뽑아 집을 짓는 거미처럼 살겠소.
애틋한 내 자식 주렁주렁 낳아 세상에 던지며 행복하겠소.
이제는 내 걱정 내려놓으시라, 염려 마시라!
불현듯 나를 찾아온 인생 수업 잘 받고 있어,
더 잘 먹고 더 편하게 살 거니까.
늦지 않게 내 집으로 이끌어 준,
하늘이시여! 너무 너무 고맙소.

CONTENTS

CHAPTER 1

보름달이 건너가도록 밤은 깊었다

CHAPTER 2

길 위의 인생 수업

CHAPTER 3

토닥토닥, 수고했어

CHAPTER 4

참 오랜만에 당신, 당신이 그리워 수줍어지는 밤이에요

CHAPTER 5

가끔 사는 게 두려울 때는 뒤로 걸어봅니다

생의 모든 것은 불현듯이었다.
사랑이 찾아오는 것도 사랑이 떠나가는 것도.
불현듯 찾아온 오늘, 나는 풍요롭다.
하늘을 맘껏 날며 오롯이 나의 노래를 부를 것이다.

CHAPTER 1

보름달이 건너가도록 밤은 깊었다

바닷길을 산책하며
아침 햇살처럼 서서히 붉어지는 동백꽃을 볼 수 있어,
평범한 일상을 맞이할 수 있어 나는 좋다.

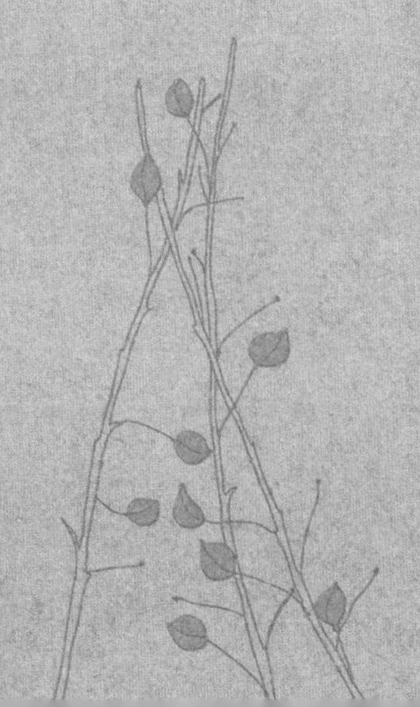

평범한 일상을 맞이할 수 있어 나는 좋다

햇살을 안으며 눈을 떴다. 아침 햇살은 참으로 느리게 내려앉는다. 막 도착한 오늘이라는 초대장을 안고 공원을 산책한다. 하늘은 가없이 맑고 공기는 차갑다. 바람이 불자 흔들리는 나뭇가지에서 마른 잎이 비처럼 내린다. 항거하다 벌겋게 익은 고민도 바람에 나부끼며 흩어진다. 피 묻은 집착도 따라 날아간다.

오랜만에 느끼는 자유다. 살포시 퍼지는 햇살이 무지개 빛깔이다. 우웅거리는 바람소리도 감미롭다. 헨리 데이비드 소로가 말한 대로 '싱그러운 잎사귀들이 자신의 무덤으로 가는 모습'은 거룩하다. 노랗고 빨간 나뭇잎들이 이불이 되어 깔린다. 마지막 나뭇잎이 찬란한 이유는 추락하기 직전에 선명한 빛깔로 물들기 때문이다. 낙엽은 나에게 마지막을 어떻게 맞이할지를 알려준다. 한 시절 화려하게 물들었다 사뿐히 땅 위로 내려앉는 모습, 그저 경건하다. 기꺼이 스스로를 내어주며 자양분이 된다.

내 인생도 정점을 지나가고 있다. 내세울 것도 없고, 손에 쥔 것이 없다. 그렇다고 해서 다시 돌아갈 수는 없다. 떠나가는 것들의 모습을 진지하게 바라본다. 기필코 이 순간을 기억해 두어야 하기에. 나에게도 마지막 순간이 반드시 도착할 것이기에.

추락하는 낙엽은 처연하고 허전하다. 그러나 이 또한 기필코 지나갈 것이다. 수천 년을 사는 바오밥나무의 거리를 걷지 못해도, 이집트의 새하얀 사막에 서 있지 못해도, 푸르른 나일강의 밤을 느끼지 못해도 괜찮다. 오늘이라는 초대장을 받아 기분 좋게 눈을 뜰 수 있어 좋다. 바닷길을 산책하며 아침 햇살처럼 서서히 붉어지는 동백꽃을 볼 수 있어, 평범한 일상을 맞이할 수 있어 나는 좋다.

하얀 운동화

꿈을 꾸었다. 꿈속에서 할아버지에게 하얀 운동화를 선물 받았다. 늦은 오후에 택배 상자가 도착했다. 내 시가 수록된 책들, 중·고등 학습교재가 수북이 도착했다. 국어, 영어, 수학, 과학, 역사 참고서에 모두 수록되어 있다. 기뻐야 하는데 마음만 무겁다. 드라마에, 영화에, 음악 프로그램에, 심지어 공공기관까지도 나의 시를 인용하고 있는데 나는 늘 가난하다. 유명세를 얻고 있다고 말하지만 나는 가난에 비틀거린다. 가난을 품은 명예가 오늘은 싫다. 이 고난의 사슬에서 벗어나지 못할 것 같아, 가난의 짐을 지고 먼 길을 가야 할 것 같아 우울하다.

20년 넘게 시를 쓰면서 절망이 턱 밑까지 에워싸면 눈물 젖은 빵을 입에 물고 도로를 가로질러 뛰었다. 능소화 홀로 피었다 지듯, 담쟁이 저 홀로 붉다 지듯, 살기 위해 낮바람, 밤바람 마셔 가며 혼자 걸어왔다. 조금 나아졌다, 괜찮아졌다 싶으니 온몸이 아프다.

다 받아들이고 감사하며 걸어가는 아득한 길, 긴 울음 모아 가슴에 여며둔다. 다시, 열 손가락이 아플 것 같아 안쓰럽다. 손끝에 묻어날 낯선 어휘들이 부유한다. 부슬부슬 내려앉기 시작한 어둠 속으로 웅성거림이 들린다. 스멀스멀 자라나는 풀꽃 씨의 끝없는 경련, 연둣빛 싹이 트려나 보다.

새벽 4시. 교회에서 실핏줄만 한 빛이 기어 나온다. 어렴풋이 거울 속에 비친 내가 미세하게 떨린다. 뭉클한 무엇이 느껴진다. 세상은 고요하지만 나는 미세하게 열리고 있다. 세밀한 혈관 사이로 뜨거운 피가 흐르고, 나는 완전히 열렸다.

냄비에는 어제 들어온 인세로 마트에서 산 두부, 조갯살이 서로 섞이면서 끓고 있다. 한쪽에는 프라이팬 안으로 떠다니는 바다, 밀가루에 코팅된 고등어가 하얗게 익어간다. 잘 구워진 간고등어 살 한입 베어 문다. 맛있게 후루룩 냠냠. 궁핍이 뚜벅뚜벅 생선 냄새를 맡으며 집을 빠져나간다. 빈자리를 다시 수많은 어휘들이 채운다. 톡톡, 행간을 춤추는 소리. 살기 위해서 나는 미래를 기웃거린다. 푸르른 나무가 울창한 숲을 찾아, 어린 꿈 깔고 앉은 희망씨 하나 고이 품고 훈훈하게 타오르고 있다.

생의 모든 것은
불현듯이었다

생의 모든 것은 불현듯이었다. 사랑이 찾아오는 것도 사랑이 떠나가는 것도, 다리가 끊어지는 것도, 억수같이 쏟아지던 비가 그치는 것도. 막무가내로 쓸쓸했던 마음에 웃음이 차오르는 것도 모두 불현듯이었다. 그 불현듯이 웃음을 불러내고, 눈물을 불러낸다.

어젯밤 9시 뉴스에 견고한 콘크리트 벽을 두드리며, '한 번만' 도와달라는 외마디 비명을 남기고 떠난 가장의 최후도 눈에 아른거린다. 성실하게 간절함으로 살아도 안 되는 일이 분명 있다. 헛헛하고 침울하다. 새벽 2시, 뎅그랑 뎅그랑 울리는 내 마음의 소리를 들으며 컴퓨터 앞에 앉았다. 노랑나비가 노래를 부르는 따듯한 봄날 속으로 들어가기 위해. 방안을 떠도는 어휘들을 다시 불러 모았다. 심장을 쏘는 강력한 단 한 줄의 문장을 거둬들이기 위해. 그렇게 컴퓨터에 갇힌 각각의 이름을 부르면서 밤을

샌다. 다시 아침, 거칠게 비를 쏟아냈던 어제는 떠나고, 눈부신 햇살이 창문 앞에 소풍 와 있다. 어쩌면 밤새도록 작업하던 나를 위로하듯, 스스로 깨어나기를 기다리고 있었는지도.

소풍 가는 마음으로 일어나 눈부신 햇살을 따라 걸었다. 어제까지 지치고 쓸쓸해서 조금은 불행했던 생각 주머니가 이사를 간 듯, 쑤시고 흔들리던 두통도 사라졌다. 아침 10시, 며칠을 숨죽여 기다리던 전화가 왔다. "함께 작업을 하고 싶다."고. 막무가내로 침울했던, 절망스러운 날들에 대한 반전이 찾아왔다. 정말 불현듯, 갑자기였다. 목소리까지 춤추듯 사정없이 기뻤다. 차오르는 넉넉함, 충만함, 밀려드는 행복감. 단단히 신념으로 길어 올린 내 시가 이렇게 하나의 천국의 문을 열었다. 달래듯, '나를 울렸다 웃겼다' 하며, '나를 들었다 놨다' 하는 불현듯 찾아드는 것들을 껴안으니, 곤궁의 질곡 속에서도 간간이 기쁘다. 어쨌든 몇 개월의 식량을 선물 받았다. 햇살이 눈부신 이 아침, 쓰디쓴 블랙커피가 달달하게 혀끝을 맴돈다. 너무 좋은 빨간 날, 오랜만에 최고의 하얀 웃음이 쏟아져 나왔다.

불현듯 찾아온 오늘, 나는 풍요롭다. 오늘같이 좋은 빨간 날, 하늘을 맘껏 날며 오롯이 나의 노래를 부를 것이다.

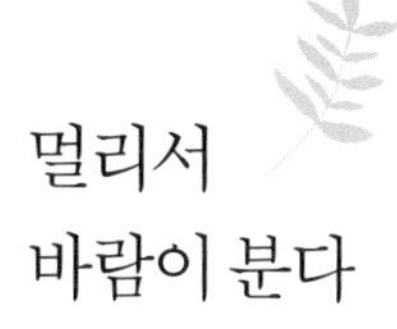

멀리서
바람이 분다

마음이 소란하다. 시인지 산문인지, 일기인지 편지인지 모를 글을 쓴다. 무사히 도착하면 참 좋겠다. 오늘이 어제가 되는 순간 그리운 추억이 되듯 부재중인 그리움을 이렇게라도 수습한다. 내 사랑은 한평생 그리워만 하다가, 연습만 하다가 끝날 것 같다. 그를 사랑하는 내 모습이 사랑스러워야 아름다운 사랑일 텐데. 오늘따라 휘청거린다. 탐라 속의 사진은 마지막 본 그때 그대로다. 그해 여름에 떠난 사람들은 아직 돌아오지 않았는데…. 기필코 가을에는 온다고 했는데…. 언제쯤 무사히 귀환할까. 다시 흔들리며 계절은 바뀌는데…. 여전히 무소식이다.

자야 하는데, 자고 싶은데 잠이 오질 않는다. 한 시간 동안 거의 같은 의식 속에 머물고 있다. 지금은 변화를 주어야 하는데 하나만을 고집한다. 나이가 들수록 그 하나에는 의식의 변화가 없다. 더욱 견고하다. 눈을 뜨나 감으나 하나뿐인 풍경, 더 이상

아낄 말도 없을 나이인데 아끼고 있다. 가장 가까운 사람이 때로는 가장 멀게 느껴진다. 오래도록 부재중인 날에는 더욱 그렇다. 간격이 멀어진 느낌이다. 욕망이 커서일까. 불안해지니 호흡이 가쁘다. 욕망의 충족, 결핍과 포기, 그리고 유예를 다 아우를 수 있어야 하는데…. 헛헛하고 답답하다.

새벽이 오면 홀로 기차를 타고 그곳에 가리라. "사랑해."란 다정한 말이 허공을 맴돈다. 쉴 곳 잃은 내 말은 어디로 갈까. 내 우주를 붉게 물들인 그 말, 이렇게 겨울이 도착했는데도 내 우주는 여전히 발갛다. 보이는 것 모두 단풍, 생각하는 모두, 부재의 공간에 흐르는 고독이 서늘하다. 시간을 초월하는 약이라도 있으면 한 알 삼키고 그 사람을 견뎠으면 좋겠다. 고독에 사무치는 밤, 멀리서 바람이 분다.

마종기 시인의 시 한 구절이 내 가슴에 파고든다. "착한 당신, 피곤해져도 잊지 마. 아득하게 멀리서 오는 바람의 말을."

그가 나에게 했던 말, 내가 그에게 했던 말이 얼마나 소중한지를 새삼 깨닫는 시간이다. 말의 포옹이 적나라하게 그리운 겨울밤이 적요하다.

풋가슴으로
춤을 추는 봄날에

오전 11시, 빨래를 너는데 햇살이 춤을 추며 두 뺨을 애무한다. "봄이야." 그 말을 전하려고 수백 광년을 달려온 빛다발이, 비처럼 쏟아진다. 살아 있는 모든 것에 말을 걸며 첫인사한다. 연둣빛으로 분홍빛으로 답하는 꽃과 나무들, 설렘으로 가득 차 서로 통하고 있다. 들판에는 물 오른 풀꽃 각시, 한껏 부풀어 숨 가쁘게 몸을 푼다. 저만치 물러나면 먼 곳까지 쫓아와 무덤덤한 심장까지 마구 흔들어 댄다. 살포시 햇살 품어 환하게 터진다. 지나가는 휘파람새는 몸을 틀며, 깔깔거리며 날갯짓한다.

다 열어젖힌 세상의 가난한 품속으로 부드러운 빛이 점령한다. 쭈뼛거리던 것들도 한꺼번에 터진다. 세상이 환해지고 착해진다. 선해지니 모든 게 열려 서로 통한다. 다 용서가 된다. 하늘마저 파래지니 분홍 꽃잎 날리듯, 온 세상이 풋가슴으로 춤을 춘다. 이보다 아름다울 수가.

마음을
움직이는 달

아메리칸 인디언은 3월을 '마음을 움직이는 달'이라 했다. 썰물처럼 빠져 나간 겨울의 얼굴들을 힐끗힐끗 훔쳐보며 한껏 부푼 봄바람이 풍선처럼 팽팽하다. 찡긋찡긋 눈길을 주니 매화꽃잎도 바람에 살랑인다. 이마를 감싸는 햇살이 따사롭다. 강변을 걷노라면 비릿함보다 연둣빛 옷을 입고 솟아오르는 풀내음이 상큼하다. 우주가 만들어 낸 빛과 향과 색이 가득하다. 세상이 환해지고 속이 보일 정도로 투명하고 깨끗하다. 진하지도 흐리지도 않은 색과 향과 빛이 잘 어우러진다. 잔별이 무수히 쏟아지니까 신비롭다. 곧 향연이 시작될 것이고 봄은 절정에 이를 것이다. 행인을 감싸 안는 다채로운 꽃들이, 연둣빛 나뭇잎들이 황홀한 병풍이다. 어디를 가든 모든 것이 아름다운 배후다. 겨우내 외롭고 춥던 것들에게 무한한 응원, 새로운 출발을 축복하는 따뜻한 선물이다. 다시 찾아온 온화한 햇살은 후미진 곳에 들러붙어 있는 겨울의 잔해, 티끌 한 자락이라도 말끔히 털어낸다. 드디어 맞이한 온전한 봄, 세상의 모든 것들에게 향연을 허락한다. 소심해서 주저하는 나도 햇살 속으로 한걸음 당당히 내디뎠다. 스며든다, 따뜻함이. 쏟아진다, 설렘이. 기대된다, 새 희망이.

하얀 눈이 내리면
모든 상처는 덥인다

365일 죽도록 텍스트와 행간을 넘나들었다. 통장에 찍힌 선명한 숫자만으로 수고에 대한 보상이 확인된다. 어제와 달리 세상이 환하다. 오랜만에 두 팔을 벌려 껴안아보는 너, 편안하고 딱 좋다.

이럴까, 저럴까를 수십 번 되뇌며, 까만 터널에 갇혔다. 늘상 추락하기만 하다가 모질게 견뎌 비상하는 일상, 결코 사랑할 수밖에 없다. 5평의 방, 노트북, 끝이 문드러진 테이블, 내 영혼을 갉아먹는 행간, 눈이 큰 아이, 이들이 내가 존재하고 살아가는 이유이다. 오랜만에 먹어보는 된장찌개가 황후의 만찬 같다. 그냥 좋다. 막무가내로 좋다. 소녀가 웃는다. 나는 운다. 좋아서 반어적으로 운다. 그러면서도 그 앞에서 눈물을 보이지 말아야 하기에 서러운 이빨로 입술을 깨문다. 그래도 눈물은 흐른다. 어느 날 차라리 가난을 자랑삼아 노래했다. 결핍이 태생적이고 운명이라 여기니 차라리 편하다. 수십 년을 싸구려와 함께 살아왔지만 저 앞에 두 팔 벌려 기다리는 고급진 미래가 있어 괜찮다. 아주 가끔 로또 터지듯 한 번씩 찾아오는 물질의 축복이 있기에 설렌다. 그것이 갈가리 얼어 터진 겨울 몸뚱이와 영혼을 녹인다. 아무리 언 산, 언 강이라 해도, 산이, 강이 얼어 터졌다 해도 멈추지 않고 기다리면 하얀 눈이 내린다. 하얀 눈은 모든 상처를 덮어 준다. 기다리면 피멍 든 눈은 녹고, 산은 푸른 옷을 입고 강은 유유히 흐른다. 보리처럼, 4월의 신부가 되기 위해 땅 속에서 멍진 시간을 즈려 밟히며 견뎌야 해. 밟히고 밟혀야 뿌리를 내리니까. 얼지 않고 흐르는 강이 되어야 해. 살아서, 살아내어 흘러야 해. 먼 훗날 땡볕 아래서도 한바탕 소리 내어 웃기 위해. 불가사의한 생의 환희를 찾아. 눈물 나는 인생이더라도 살아서 살아내자고. 살다 보면 괜찮은 날은 오니까. 눈이 웃고 귀가 즐겁고 입이 춤추는 날이 오니까. 세상이 싱그럽고 짜릿한 날이 오니까. 누리는 권리를 찾는 오늘 같은 날이 오니까. 이 평범한 일상을 위해 행간을 누비며 나는 씽씽 달린다. 빛보다 빠른 속도로.

보름달이 건너가도록 밤은 깊었다

까만 하늘이 환해진다. 보름달이 건너가도록 밤이 깊었다. 톡톡 행간을 두드리는 소리가 편안하다. 살면서 너무 많은 소리를 내려고 애썼다. 빛의 화려함에 끌리고, 색의 유희에 끌리며 세상의 모든 소리와 색을 흉내 냈다. 그 소리가 하나 둘 빠져나갈 때마다 나는 아팠다. 몸에도 구멍이 숭숭 나서 만지면 부서질 것 같았다. 어느 때는 구멍을 통해 들어오는 바람이 심장을 관통했다. 감당하기 버거운 날들, 나는 살아가는 방법을 몰랐다. 여전히 살아가는 방법을 잘 모르지만 돌아보니 시간이 모든 것을 정리해 주더라. 견디니까 흘러가더라. 흘러가며 괜찮아지더라. 더러는 좋은 날도 있더라. 하던 일을 하며 기다리니까 고통의 조각들이 새 주인을 찾아 뿔뿔이 흩어지더라. 죽도록 한 계절만 있던 나에게도 새로운 계절이 찾아오더라.

이제서야 두 뺨을 간지럽히는 봄빛을 느낀다. 나와 상관없게 느껴지던 빛, 그 환희가 주변을 따뜻하게 데운다. 먼 기쁨들을 나는 느끼고 있다. 부서지는 햇빛은 분가루처럼 날리며 나를 에워쌌다. 강렬한 햇빛이 나를 둥글게 에워쌌다. 내 것이 아니라며 변명하던 행간을 톡톡이는 소리, 유난하지도 않지만 분가루 같은 빛을 내뿜었다. 울컥 눈물이 쏟아졌다. 애써 외면하고 살았던 것들이 마음을 흔들었다. 어느 날 내 마음이 나를 불렀다. 불쑥 내 빈 손에 한 움큼의 속죄를 쥐여 주었다. 깔깔했던 시간들이 마주보며 두런거렸다. 침묵 속의 눈물로 마주한 첫인사, 전율이 흐르고 묵직한 감동이 전신을 감쌌다. 깊은 밤 창문을 두드리는 빗소리에 마음을 기대는 것 같은, 아주 독특한 소리였다. 이토록 나를 울리는 그 소리가 내 것인데, 나는 왜 방치하고 살았을까. 남의 것을 가지고 내 것인 양 집착하고 흉내 냈으니, 얼마나 힘들었을까. 단 한 번도 마음으로 손잡아 주지 않았으니 아플 수밖에. 그 많던 욕망도, 집착도 다 내려놓으니 이보다 좋을 수가 없다. 행간을 두드리는 온전한 소리가 뿌듯하다. 가볍다. 단순하고 선명하다. 오롯이 나를 위해서만 참 바쁠 거다. 나를 위한 비상의 날들, 빛이 싫어 어둠 속에서만 표류했던 나, 이제는 그 어둠도 설레고 기다려진다.

새벽 2시, 행간을 톡톡거리는 그 소리가 운율이다. 물론 숨이 턱턱 막히는 고통에 체해 영혼까지 뒤틀려 몸져누운 적도 많았지만. 잔인하게 죽어간 내 청춘의 검은 페이지는 흐릿해진 세월에 곱게 접혀 있지만, 이렇게 단단해진 마음 위에 몸은 또다시 뜨겁게 불붙는다. 편안한 것들이 병풍이 되어 주니 나는 비로소 목적어를 찾았다. 이토록 아름다운 세상에 기록할 것이 많아, 보이는 곳마다 청춘을 세워둔 것 같아 좋다.

홀로 선 나무

자작나무 바람에 흔들리듯, 생의 선율은 가냘프도록 한쪽으로 휜다. 맨발로 칼날 위를 건너듯 온몸이 피투성이다. 까슬한 모래 위의 나무처럼 봄이 와도 잎새를 갖지 못하고 여름이 와도 꽃을 피우지 못하고 가을이 와도 붉게 물들이지 못하는, 언제나 겨울나무처럼 앙상한 뼈만 드러내고 있다. 내 나무는 아무것도 갖지 않고 빈 몸으로 살아간다. 털어낼 것이 없어 아쉬울 것도 없는 나무. 오늘도 눈부신 햇살을 안으며 홀로 서 있다. 오늘따라 하늘이 눈부시다. 가을볕을 받아 활짝 웃는 코스모스, 가을에 푹 젖고 있다. 연분홍으로 물들어 간다. 서서히 풍선처럼 꽃망울이 부풀어 오른다.

11월, 낮아지면서
서서히 사라져 가는

바닷가 근처 회색빛 빌딩을 서성이며 나는 새를 보았다. 검푸른 새 한 마리 빌딩 창 난간에 기대어 누웠다. 왜 이곳으로 홀로 날아들었을까. 11월의 꽃, 서리가 내린다. 11월의 햇빛은 창백하다. 운동화 바닥을 지나 발가락에 느껴지는 느낌도 차다. 행인들의 입에서 흰 입김이 흘러나온다. 나무들은 잎을 떨어뜨리며 털어내고 비우기 시작한다. 점점 더 가벼워진다. 봄을 위해, 겨울을 견디기 위해 다 털어낸다. 흰 심지의 불꽃에 자신의 몸을 다 맡기는 양초처럼, 11월은 소진할 때까지 버텨낸다. 남김없이 하얗게 불태울 때까지. 그리하여 낮아지면서 서서히 사라져 가는 이상하리만큼 친숙한, 내 삶과도 닮은 11월, 무언가 견디기 위해 살아 있는 모든 것들은 묵묵히 비우기 시작한다. 서둘러 겨울 외투를 꺼내 입은 행인들에게서는 비장한 각오가 배어 있다.

천 번을 울어가며
부딪치다

4월, 밤하늘을 그어버린 검은 손톱자국, 놀란 기억들이 쿵쿵거리며 달려 나온다. 스며들고 차오르던 것들이 낮이고 밤이고 소리 내며 들락거렸다. 전신으로 마찰하던 웅성거림, 결국 아프게 몽우리 졌다. 너무 오래 머물렀던 것들, 천 번을 울어 가며 온몸으로 부딪쳤다. 심장까지 타들어 까맣다. 미워해야 하나. 껴안아야 하나. 보이는 것들만 껴안고 보이지 않는 것들은 무시해야 하나. 어떻게 해야 할까. 발부리를 툭툭 차면서 묻고 또 묻는다. 서러워 운다. 강 속에서 평생을 헤엄치다가 흙밭으로 떨어진 물고기처럼 몸부림친다. 끝내는 내 안에서 숨질 것들, 살아서도 죽어서도 나를 증명하는 내 생의 한 부분인 것을. 살아서도 죽어서도 내 것이다. 내 팔에 안겨 환한 웃음으로 산화할 때까지 힘껏 사랑할 수밖에. 별 수 없어.

오늘따라 밤은 망각보다 빨리 왔다. 4월의 밤, 유난히 박하 냄새가 짙다. 고통으로부터 당당히 이별하는 오늘, 낮이고 밤이고 비와 눈을 맞으며 홀로 걷고 홀로 뛰던 나의 발, 그 등에 눈물 한 방울 떨어진다. 조용히 이별했다. 입가로 말간 웃음이 번진다. 주린 배를 채우기 위해 부지런히 먹이를 받아먹는 새끼 새처럼 도착할 곳을 향해 나는 일어나 다시 길을 떠난다. 아우성치는 행간의 숲으로.

헤세의 시를 읽다가

가을이 문턱 가까이서 춤추는 새벽 2시, 혼자 깨어 헤르만 헤세의 시를 읽었다. 헤세의 〈Allein(혼자 가는 길)〉은 서른 즈음부터 얼핏 설핏 읽다가 지금은 영원한 동반자처럼 자주 읽는 시가 되었다. 나이가 들어가면서 더욱 폐부 깊숙이 파고든다고나 할까? 헤세의 시에서도 나와 있듯 누구나 첫걸음을 혼자서 떼고 나면 다음 걸음부터는 수월해진다. 말을 타고 가기도 하고 차를 타고 가기도 하고 먼 길을 홀로 견디며 가기도 해야 한다. 물론 가다가 다치기도 하고 두려워 멈추어 서기도 하고 죽을 만큼 힘들어 숨어 울 곳을 찾아 쪼그리고 앉아 울기도 한다. 그럼에도 아무 일 없듯이 다시 세상 밖으로 나와 허허 웃으며 아침을 맞는다. 이렇게 삶의 중턱, 살아온 날보다 살아갈 날이 많지 않으니까 보인다. 세상도 보이고 가족도 보이고 이웃도 보이고 친구도 보인다. 다 내려놓으니 보이게 되고 보이는 모두가 이제는 애틋하다. 사소하지만 나를 섭섭하게 했거나 힘들게 했던 일까지 이해가 되고 용서가 된다.

헤세는 불행한 일들을 경험했다. 아들과 아내의 질병, 그리고 이혼, 또 전쟁을 통해 인생의 어둠 속에서 헤매고 고뇌했다. 그의 글은 짧고 단아한 행간 속에 인생을 관통하는 철학적 교훈이 있다. 그의 시 〈Allein〉에 나와 있는, 누구든 '마지막 한 걸음은 혼자서 가야 한다.'는 말이 코끝을 찡하게 만든다.

인생이 그렇다. 첫걸음도 혼자, 마지막 한 걸음도 혼자여야 한다. 생이라는 것이 중요한 결정은 혼자서 해야 하고, 본질적이고 치명적인 사실도 때로는 마음속에만 담아두어야 한다. 가족에게도 숨길 수밖에 없는 비밀이 있고 친구들과 나누지 못할 어려운 상황도 있다. 그래서 더욱 처절하게 고독한 것이 인간이다. 인간은 스스로 감당하는 지능과 통찰력이 있기에 버거워도 견디게 된다. 그러면서 스스로 지나온 시간을 돌아보고 앞으로 나아갈 길을 찾아 한 걸음씩 나아가는 거다. 한 걸음이든 두 걸음이든 타인과의 관계를 생각하며 행동해야 하기 때문에 고민하는 거다. 관계 속에 혼돈, 번민과 갈등이 끊이지 않는다. 그럼에도 스스로 고독한 존재라는 것을 인정하며 그 외로움을 홀로 극복해야 아름답게 성장할 수 있다.

그럼에도 덜 고독하려면 인간관계에 있어 인격의 강과 존중의 다리가 필요하다. 그 역할을 사람이 하기도 하지만 노래나 책, 영화가 대신하기도 한다. 특히 시는 맹목적인 삶에 빠진 이에게 은밀하게 혼자라는 힌트를 준다. 나는 지치고 힘들 때나 생의 방향키를 잃었을 때 한 편의 시를 읽는다. '멈춤'과 '쉼'에 있어 선명한 위로를 안겨준다. 물론 '멈춤'과 '쉼'이 더한 방랑과 혼란을 안겨주어 영원한 안주 속에 빠지게 할 수도 있다. 그러나 그들 속에서 '진실'을 발견한다면 충분히 그로부터 힘을 얻어 당당하게 앞을 향해 상쾌한 한 걸음을 내디딜 수가 있다. 무언가를 성취한다는 것은 곧 허무의 시작이다. 생의 완벽이 열매로 완성될 때 침몰은 시작된다. 오늘따라 반백 년 전에 죽은 헤세의 목소리가 왜 이토록 간곡하게 들릴까? 산다는 것은 생존하는 것이 아니라 나답게 사는 거다. 나답게 사는 근원은 '혼자 가는 길'이라는 거다. 나에게 무심한 눈길을 거두고 온화한 시선을 주자. 그리하여 멈춰버린 모든 것을 살게 하여 다시 춤추게 하자. 걱정을 밀어내고 오래도록 유쾌하자.

눈이 큰 아이

이사를 했다. 벌써 6번째다. 이삿짐을 싸다 말고 20년 동안 함께 살아온 냉장고, 티브이, 장롱, 세탁기와 작별 인사를 했다. 키 큰 행복나무, 담황색 꽃을 피우는 난초와도 작별 인사를 했다. 미안한 마음에 손으로 만지니, 괜찮다는 듯 푸르른 잎새가 흔들린다. 그러나 작별했다. 40년을 한결같이 살아내며, 비굴한 낯짝을 보인 적도 없는데, 나의 권리는 오간데 없고 여전히 의무만 가득하다. 방랑생활의 연속이다. 처음에는 이런 내가 미웠다. 슬펐다. 그러나 시간이 지나니 덤덤해지더라. 시간이 지나면 좋아지겠지, '좋은 날이 있겠지' 했다. 견뎌내기 전에 지나가길 기다리고, 기다리다가 고통스러울 때는 깊게 숨을 들이키기도 하고, 모질게 한 번 숨을 끊어도 보았다. 외로운 천형을 견디며 나에게 매달렸다. 아주 가끔 숨이 턱턱 막힐 만큼 외로움에 체할 때면 절반으로 쪼그라든 영혼 속으로 눈물 젖은 시간들이 접혀 있다.

몇 번이고 억울한 마음을 꼬깃꼬깃 접어 유서처럼 깊은 서랍에 숨겨두었다. 자괴감이 들 때마다 핏빛처럼 선명한 멍울이 맺힌 마음을 꺼내 읽는다. 어떤 것은 날아가버린 듯 메케한 종이 냄새뿐이다. 어떤 것은 만지니 바스락거리다가 스러진다. 마음도 학습되어선지 질어지고 열어지면서 견디고 있었다. 그러니까 살아내다 보니 견딜만하더라. 살다 보니 좋아지더라. 쓰러지고 다시 일어나고, 그렇게 길들여지니 뭉툭해져 웬만한 것에 찔려도 아프지 않더라. 그럴수록 미안하게 다가오는 한 사람이 있다. 내색하지 않으며 혼자 감당하며 견뎌내는 눈이 큰 아이, 그 아이에게 미안하다. 기댈 힘이 되어 주지 못해 더 미안하다. 그가 아프면 나는 외롭다. 그가 아프면 슬프다. 웃는 그가 고맙고 예쁘다. 그와 함께라서 좋다. 곁에 있어도 보고 싶다. 그래서 손을 꼭 잡는다. 많이 아픈 내가 덜 아픈 그의 손을 잡는다. 눈이 큰 아이의 힘으로 나는 일어난다. 함께 웃는다. 더 많이 웃기 위해 나를 끌고 다녔던 여러 개의 욕망을, 나를 끌고 다녔던 모든 의심을 던져버렸다. 이제부터는 그를 위해 가방 하나를 메고, 하나의 신념으로 가리라. 노랗게 물든 은행잎을 자세히 들여다보며 문신처럼 또렷한 발자국을 새기리라.

누군가 말했다,
가을은 생각하는
시간이라고

시간 앞에 말없이 무릎을 꿇는 11월, 달 밝은 가을밤 창가에 서면 근원을 모르는 그리움이 목까지 차오른다. 사방에서 영혼이 앓는 소리가 들린다. 길가에 연약한 몸을 애처로이 휩쓸리며 가녀린 손짓의 코스모스 행렬, 무리 지어 처연한 아름다움을 자랑하는 들국화의 애잔한 미소, 붉게 물든 단풍잎, 북풍에 황금빛을 더해 가는 은행잎, 청명한 하늘에 낮게 낮게 날다가 꽃잎에 살포시 내려앉아 휴식을 취하는 빨간 고추잠자리, 풀벌레들의 합창들이 이제 막 자리를 떠났다. 가을이 없었다면 인간에게 철학이 없었을 것이라던 어느 시인의 말처럼 깊어가는 밤에 봄, 여름 그리고 가을, 치열하게 달려온 지난 시간을 되돌아본다. 나의 정원에서 딴 사과를 보며 회상에 잠긴다. 누가 시켜서가 아니라 가을이 오면 저절로 하게 되는 자연스러운 풍경이다. 어딜 가나 수북수북 붉은 양탄자가 된 푹신한 단풍을 밟으며 이효석의 〈낙엽을 태우면서〉란 글을 생각하기도 하고. 가을인 듯, 겨울인 듯 분간이 안 가는 만추의 공원길을 거닐면서 첫사랑에 애타는 소녀가 되기도 한다.

나는 사계절 중에서도 유독 가을을 좋아해 가을이 먼저 온 곳을 찾아 만나러 간다. 혜화동 대학로를 지나다 보면 어김없이 〈고엽〉이라는 노래가 흘러나온다. 커피하우스에서든, 쇼핑몰에서든. 또 한 편의 서정시가 세상을 가득 채운다. 대학 다닐 때 프랑스 시인 구르몽의 〈낙엽〉이라는 시를 참 좋아했다.

시몬, 나무 잎사귀 져버린 숲으로 가자.
낙엽은 이끼와 돌과 오솔길을 덮고 있다.
시몬, 너는 좋으냐? 낙엽 밟는 소리가.

낙엽 빛깔은 정답고 모양은 쓸쓸하다.
낙엽은 덧없이 버림받아 땅 위에 있다.
시몬, 너는 좋으냐? 낙엽 밟는 소리가.

해질녘 낙엽 모양은 쓸쓸하다.
바람에 불려 흩어질 때

낙엽은 상냥하게 소리친다.
시몬, 너는 좋으냐? 낙엽 밟는 소리가.

발로 밟으면 낙엽은 영혼처럼 운다.
낙엽은 날갯소리와 여자의 옷자락 소리를 낸다.
시몬, 너는 좋으냐? 낙엽 밟는 소리가.

가까이 오라. 우리도 언젠가는 가련한 낙엽이리라.
가까이 오라. 벌써 밤이 되었다.
그리하여 바람이 몸에 스며든다.
시몬, 너는 좋으냐? 낙엽 밟는 발자국 소리가.

'우리도 언젠가는 가련한 낙엽이리라.' 이 말이 아프게 다가온다. 한때 울창한 푸르름을 자랑하기도 하고 노란 자태를 뽐내기도 했던 그 잎새들이 쓸쓸히 낙엽이 되어 이리저리 차이고 있는 것을 보면 울적해지는 것은 당연하다. 나이가 들수록 가을은 살아온 날들에 대한 회한과 고백의 시간이 된다. 늙어가는 것이 서글퍼서, 아니면 이루지 못한 것이 아쉽기 때문인지도 모른다. 그래서 더욱 낙엽 밟는 발자국 소리가 처연하게 들리나 보다. 낙엽은 봄을 위해 자신을 버린다. 나무는 생명의 재창조를 위해 가지에 달린 잎새를 털어낸다. 나무에 달린 수많은 잎들을 떨어뜨리고 소량의 양분으로 겨울을 견디기 위해. 너를 위한 나의 버림, 너의 자리를 위해 나의 자리를 비워주는 마음이 나무의 마음이다. 눈물겹도록 아름다운 희생적인 사랑이다. 그렇게 떨어진 낙엽은 추운 겨울을 무사히 넘길 수 있도록 나무에게 따뜻한 이불이 되어 주고, 바람의 도움을 얻어 이리저리 밀려가 여름 폭우로 패인 자리, 드러난 뿌리들을 가만히 덮어 준다. 따스한 봄이 오고 새싹이 나올 때면 봄비에 자신의 몸을 적셔 이제는 썩어서 나무에게 거름이 되어 준다. 기력이 쇠한 나무를 위해서 자신을 썩혀 거름이 되어 주는 것으로 비로소 모든 것을 마감하는 낙엽의 일생. 그 숭고함이 나의 발길을 붙잡는다.

떨어지는 잎들은 보통 쇠락은 물론 죽음까지 연상하게 한다. 이해인 수녀님의 시 〈낙엽〉에 이런 구절이 있다. '이승의 큰 가지 끝에서 내가 한 장 낙엽으로 떨어져 누울 날은 언제일까 헤아려 보게 한다.' 화려함의 정점 한가운데서 떨어지는 낙엽이니 아름다움과 사라져 가는 쓸쓸함이 공존한다. 다만 누구에게는 쓸쓸함으로, 누구에게는 아름다움으로 각자의 상황에 따라 느끼는 것이 다를 뿐이다. 또 누군가는 시간 윤회의 한 과정이라며 큰 의미를 두지 않을 것이다. 그러나 치열하게 경쟁하는 건조한 삶이 계속될수록 자연이 주는 울림은 깊고 강하다. 의식주가 우리가 살아가는 데 있어 필요조건이라 한다면 감정과 사유는 인간답게 살아가기 위한 필요충분조건이니까. 우리는 자연을 가까이해야만 삶에서 받은 상처를 치유할 수가 있다. 사람에게 받은 상처는 사람에 의해 치유되기도 하지만 사람에게서도 치유받지 못할 때가 있다. 사람의 힘으로도 안 되는 치유를 자연이 해 줄 때도 있다. 그래서 봄에는 봄꽃 구경, 여름에는 바다로 산으로, 가을에는 단풍 구경, 겨울에는 눈꽃을 보기 위해 떠난다.

누군가 "가을은 우리가 무엇을 이루었는지, 이루지 못한 게 무엇인지, 그리고 내년에는 무엇을 하고 싶은지를 생각해 볼만한 완벽한 시간이다."라고 말했다. 끊임없이 반복되는 계절 중 누군가가 12월을 일 년의 끝으로 설정해 놓았다. 모든 자연이 마치 죽음을 맞는 것 같은 느낌 때문일까? 아무튼 우리는 이제 종점인 겨울을 향해 치닫고 있다. 물빛은 가을빛에서 겨울빛으로 새 옷을 갈아입는다. 낙엽 떨어지는 소리가 '쿵' 하고 가슴을 친다. 불과 일주일 전에 가을을 찬양하며 들었던 윤도현 씨의 〈가을 우체국 앞에서〉가 점점 낯설어지고 조용필 씨의 〈그 겨울의 찻집〉이 가슴을 파고든다. 못내 아쉬워 다홍빛 여운을 남기고 파란 하늘을 지우며 바람처럼 허무하게 사라진다. 이제 눈부신 봄과 화려했던 여름의 기억, 붉은 단풍의 진한 감동을 훌훌 털어낸다. 다시 무채색의 시간으로 들어간다. 낙엽을 떨구고 옷을 벗는 나무, 벌거벗은 나약한 그 몸으로 겨울을 견뎌내는 단단한 나무로 돌아간다. 눈부신 봄과 화려했던 여름의 기억을 훌훌 털어내고 가을과 겨울의 아름다운 경계에서 모호하게 겹치는 그 비밀의 통로로 들어가야 한다.

시인 릴케가 노래한 것처럼 사유의 시간 내내 '오래 깨어서 책을 읽고 긴 편지를' 써야 한다. 다름 아닌 나 자신에게로. 내년에는 평생 방랑자가 아닌 편안히 안주할 수 있는 아늑한 집을 짓기 위해서다. 내 안으로 깊숙이 빠져들어 고뇌하고 또 고뇌하여 깨달음을 안아야 한다. 나의 힘을 벗어나는 것들은 시간의 힘을 빌려야 한다. 슬픔도, 아픔도, 사고의 고통까지도 흐르면서 달래주고 바로 잡아주는 시간의 힘에 의지해야 한다. 11월을 모두 다 사라진 것은 아닌, 아직도 '해야 할 일이 있는 달'이라고 했던 인디언들의 말을 깊이 새기면서 아름답게 갈무리를 하며 깊이 사유해야 한다. 반성과 계획으로 새로운 준비를 해야 한다. '성취'만을 고집하지 말고 계절 따라 변화하며 새 옷을 갈아입는 자연이 되어 진정한 거둬들임과 비움으로 기다림의 사유를, 깊게 차분히.

'애썼다'는 말을 들을 수 있을까

최승자 시인의 시 〈삼십세〉에는 '이렇게 살 수도 없고 이렇게 죽을 수도 없을 때 서른 살은 온다'고 했고, 김종길 시인은 그의 시 〈성탄제〉에 '서러운 서른 살 나의 이마에 불현듯 아버지의 서느런 옷자락을 느끼는 것은 눈 속에 따오신 산수유 붉은 알알이 아직도 내 혈액 속에 녹아 흐르는 까닭일까'라고 표현했다. 또 가수 김광석은 〈서른 즈음에〉에서 '점점 더 멀어져 간다. 머물러 있는 청춘인 줄 알았는데'라고 노래했다.

나의 시간을 거슬러 서른 무렵을 돌이켜 보면 김광석의 노래 〈서른 즈음에〉를 좋아하지 않았다. 그때는 서른이 되면 대단한 무엇이 될 거라 생각한 것 같다. 원하는 꿈을 이루어 원하는 것을 가득 채울 거라 생각한 거다. 가사에 나오는 '매일 이별하며 산다'는 말도 이해할 수가 없었다. 쓸데없는 자만심으로 가득 차 있었기 때문인 것 같기도 하고, 또 한국에서 여자 나이 서른이 되면 느끼게 될 불안함과 쓸쓸함 때문인지도 모른다. 그러나 이십 년이 훌쩍 지난 지금에서야 이 노래를 즐겨 듣고 있다. 들을 때마다 느낌도 다르고 진리처럼 콕콕 찌르는 가사에 고개를 끄덕이게 된다.

공자는 서른을 이립(而立)이라 했다. 학문의 기초를 닦아 자립한다는 의미다. 서른이 되면 세상 이치를 깨닫게 되는 시기다. 그러나 가끔은 현실과 이상이 하나가 되지 못하기에 방황하고 흔들리기도 한다. 그래서 아무거나 맘대로 저지를 수 없는 때가 서른이다. 강은교 시인은 서른을 두고 '새장 문을 열어줘도 더 이상 날아가지 못하는 새'라고 표현했다. 아마도 삶과 죽음 사이에 어정쩡하게 양다리를 걸치고 있는 나이가 서른이 아닌가 싶다. 이렇게 그냥 살자니 고통스러운 세상사를 너무 많이 알아버렸고, 또 다 모른 척하고 죽자니 책임지고 있는 일들이 너무 많다. 그만큼 서른은 견뎌내야 할 것들이 쓰나미처럼 밀려드는 시기다. 서른은 철이 든 꿈의 높이로 세월을 가늠하는 시기이기도 하지만 때로는 꿈조차 꿀 수 없을 만큼 고단한 시기이기도 하다. 누군가에게 서른은 단조롭게만 느껴지고, 누군가에게는 롤러코스터의 요동이 수없이 일어난다. 무엇보다 중요한 사실은 서른의 세상에는 모래사막과 진흙의 늪이 공존한다는 것이다. 그럼에도 휘청거리고 발바닥에 굳은살이 박일 정도로 뛰어야 할 나이다. 서른에 기초를 단단히 쌓지 않으면 미래는 모래성과 같다.

그렇다고 서른이 가장 힘든 나이라고는 생각하지 않는다. 어떤 나이든 나름의 고충이 있으니까. 꼭 서른이 흔들리고 방황하는 시기라고 단정 지어 말할 수도 없다. 누군가는 스무 살에 흔들리며 방황하기도 하고, 누군가는 마흔 살에 그런 과정을 겪기도 한다. 일반적으로 정체성이 뿌리를 내리는 시기가 서른 즈음이라 그때가 많이 힘들다고 말할 수가 있다. 사람들은 이십 대에는 무엇을 꼭 해야 하고, 삼십 대에는 어느 정도의 위치에 있어야 하고, 중년이 되면 더 높은 것을 이뤄내야 한다고 정형화된 프레임을 주장하지만 반드시 그렇게 되지는 않는다.

지금 내가 몇 살이든 있는 그대로 받아들이고, 지금 할 수 있는 것을 하나씩 해나가는 것이 중요하다. 그러니 채운 것이 없는 서른 살이라 해서 지레 겁먹을 필요는 없다. 나이를 받아들이는 것은 나 자신을 있는 그대로 인정하는 것의 첫 출발이니까. 스스로를 세상의 잣대에 맞춰 상처 주지 말고 주어진 내 앞의 일을 잘 해내면 되는 거다. 그것이 내가 당당해지는 힘이다. 주어진 일을 잘 해내지 못하니까 흔들리게 되고 남의 것을 기웃거리게 되고 방황하는 거다. 어떤 나이가 되든 현실에 적응하면 선택의 갈림길에도 덜 서게 되고 옆길로 새지도 않고 똑바른 길로 가게 되는 거다.

스물이든 서른이든 마흔이든 현실을 부정하면 여전히 숱한 흔들림으로 방황하게 되고 노력하는데도 잘 안 될 수가 있다. 또 이전보다 더 많이 실패하고 좌절할지도 모른다. 그러니 서른에 맞는 작은 기회도 소중히 여기고 사랑하는 사람들과 함께할 수 있음을 감사하며 하루하루를 충실히 보내야 한다. 서른의 충실한 생은 중년의 삶을 더 풍요롭고 평화롭게 만들어 주니까. 그 어느 때보다도 서른의 삶은 몰입과 열정, 그리고 정확성이 요구된다는 것을 명심해야 한다. 지금 이 나이엔 꼭 무엇을 해야 하고, 어떤 사람이 돼야 한다는 강박을 내려놓고 조금 더 자유로운 마음을 가지고 현실에 충실하면 되는 거다. 서른이라는 나이를 떠나 '지금 이 순간'에 최선을 다하면 그런 순간들이 쌓이고 쌓여 단단한 서른이 되고 넉넉한 중년, 나누는 노년이 될 수 있다. 무엇이든 하루아침에 이루어지는 것은 없으니까.

자꾸만 실패하는 서른, 흔들리고 방황하는 막막한 서른, 이룬 것 없는 서른이라 생각하지 말자. 없다는 것, 부재는 헛된 욕망이 떠나가는 것인지도 모른다. 내 욕망보다 컸기에 없거나 부족하다고 인정하면 그만이다. 내가 감당할 만큼의 욕망을 담고 살아가면 된다.

욕망이 십 년, 이십 년 후의 내 모습을 어떻게 만들지는 자신에게 달렸다. 확신을 가지고 내 능력만큼만 욕심낸다면 지금보다 더 풍요롭고 여백이 많은 시간을 가질 것이다. 실패의 기억을 되새기며 희망의 출구를 향해 한 걸음 내딛는 거다. 미래의 풍경은 내가 만드는 거다. 멋진 나를 만들기 위해서는 이전의 나쁜 기억, 아픈 추억, 두려움을 뛰어넘는 용기를 발휘해야 한다. 실패, 흔들림, 방황에 수없이 난타당해야 고요가 주는 편안함을 느낄 수가 있다. 지나고 보면 무엇이 될 수 있다고 믿었던 누구도, 무엇이 되려던 누구도 없다. 그리스 시인 소포클레스가 한 "내가 헛되이 보낸 오늘은 어제 죽은 이가 그토록 바라던 내일이다." 이 말을 가슴에 새기며 현재에 충실하면 그만이다. 버리고 가져야 할 것이 무엇인지를 정확히 알아 제 몸을 붉게 태우는 나무면 된다. 당장 무엇을 얼마만큼 이뤄냈는지 증명하려 들지 말고 세상을 향해 과감히 열자. 실수도 하고 실패도 하여 무수히 살을 베이는 상처를 안더라도 원하는 곳을 향해 한 걸음 두 걸음 앞으로 내딛자. 혼신의 힘을 다해 한 걸음 내디디면 그다음은 쉽게 걸어갈 수 있다. 힘내자. 당장! 흔들리고 방황했던 나약한 마음 다 털어내고 자리를 박차고 일어나자. 서툴고 더디면 어떤가. 끝까지 가면 된다. 지금까지 잘 견뎠다. 애썼다. 조금만 더 애쓰자.

아무것도
아닌 날은 없었다

2018년에는 달랑 한 권의 책이 나왔다. 사연들이 많아 글을 쓰지 못했다. 백팩 하나 메고 사찰도 가고 교회도 가고 수도원에도 갔다. 서서 기도도 하고 납작 엎드려 절을 하고 무릎 꿇고 묵상 기도도 했다. 나와 내 가족, 그리고 주변 사람들이 아프지 않길 바랐다.

그러나 2018년도부터 지금까지 엉클어진 일들이 너무 많아 버거웠다. 힘에 부쳤다. 누구도 해결할 수 없는 일들이 살다 보니 일어나더라. 사람의 힘으로 안 되는 일이 생기더라. 교회에 앉아 성경을 펼쳐 주기도문을 외우고, 사찰에 가서 천수경을 들으며 108번 절을 하면 마음이 편안했다. 거의 2년을 납작 엎드려 기도만 하고 살았다. 나와 가족 그리고 주변 사람들이 평상심을 찾도록 주기도문을 외우고, 천수경을 읊조렸다. 그저 성경에 나오는 말, '이 또한 지나가리라'를 되새김질하며 기도했다. 기도하며 애원했다. 온전한 색상, 향기를 빼앗지 말아 달라고. 다행히도 그동안 나를 찾는 이도 없었다. 핸드폰도 잘 울리지 않았다. 수행의 시간은 나름대로 의미 있었다. 나의 긴박했던 순간을 돌아보며 남의 사정도 이해하게 되었으니까. 그렇게 또 한 뼘 자란 어른으로 성숙해지고 있었다. 아무것도 아닌 날은 없었다.

재충전의 동안거(冬安居)

하얀 물거품처럼 몰려드는 비둘기 떼의 날개 달린 울음이 세상을 가득 채운다.

낮술에 취한 반달은 점점 기울어지고

협궤열차 들락거리던 태백으로 가는 철길 위엔 검은 먼지만 가득하다.

귀청이 찢어질 듯한 비행기의 굉음 때문인지

마음 깊숙이 깔려 있던 기억의 레일이 세상 바깥으로 몸을 드러내고 있다.

누군가를 기다리는 듯 몸 전체가 선홍색으로 변해간다.

입동이 지나자 하늘은 첫눈을 만드는 듯 뿌옇게 뿌옇게 자신의 색을 만들어간다.

나무는 땅속을 깊숙이 파고들어 겨울잠을 잘 준비를 한다.

숨 가쁘게 꺾고 꺾이며 달려온 사람들은 느릿한 발걸음으로 산책을 즐긴다.

누구에게 무엇을 열게 하려는지 교회 종소리는 깊은 울림으로 세상을 걸어 다닌다.

지축을 따라 휘젓던 아우성들도 낮은 골을 찾아 몸을 숨긴다.

칠흑 같은 어둠이 깊어가는 겨울 세상에 모두가 잠든 시간이다.

세상은 고요와 평화를 알리는 동면, 재충전의 동안거(冬安居)의 문을 열었다.

이제 살아 숨 쉬는 모든 것들에게 반성과 깨달음의 수행의 시간은 시작되었다.

하늘은 아득할수록 깊고 바다는 깊을수록 푸르듯,

깊고 푸르기 위해 견딤과 이김, 기다림의 섬으로 스스로를 낮추며 몸을 숨겼다.

행복은 우연이 아니었다

인세가 들어왔다. 휴대폰에 찍힌 숫자만 보아도 배부르다. 다시 미루던 작업을 펼쳐놓고 동네 빵집에서 사 온 식빵에 야채를 듬뿍 넣어 토스트를 만들어 먹었다. 식사 시간이 10분도 채 안 되지만 충분히 맛있고 행복하다. 봉지 커피와 토스트는 나를 위한 소박한 아침 선물이다. 먹는 것이 즐거워야 작업 시간도 신이 난다. 어쨌든 이달에 들어온 인세와 원고료로 밀린 고지서를 정리하고 나니까 날아갈 듯 좋다. 하늘은 금방이라도 비가 쏟아질 것처럼 구름으로 가득하지만 이보다 좋을 수 없는 오늘이다. 기분 좋은 날은 원고 작업도 수월하다.

나는 비가 내리는 날이나 흐린 날에 작업하는 것을 아주 좋아한다. 컴퓨터 앞에서 작업을 하기 때문에 눈이 건강하지 않다. 특히 날씨가 많이 건조하면 하루에 수십 번씩 인공눈물을 넣어야 한다. 비 오는 날에는 인공눈물을 넣지 않아도 되고 자외선도 없어서 좋다. 간단하게 토스트로 아침 식사를 하고 나서 텀블러에 커피를 가득 채워놓는다. 휴대폰을 꺼둔 채 작업에만 몰입한다. 5~6시간 움직이지 않고 작업하는 것이 습관이 되었다. 그러다 보니 식사 시간이 곧 휴식 시간. 이렇게 생활한 지가 10년이 넘었다.

혼자 있을 때는 특별히 식사 시간이 따로 없다. 전업 작가로 살면서 아침이 있고 저녁이 있는 삶은 남의 이야기가 되었고, 식탁에 앉아 보글보글 김이 오르는 된장찌개를 먹어본 지도 오래되었다. 출판사와 계약한 원고를 제 날짜에 탈고해야 하지만 나이도 들었고 글에 대한 나만의 확신이 서지 않아 계속 원고를 미루게 된다. 약속한 원고를 탈고해야 식구들과 편안하게 앉아 맛있는 식사를 할 수가 있다. 이렇게 고단한 삶도 오래되니 이제는 익숙하다.

아주 많이 힘들 때에는 아무도 모르는 곳으로 들어가 아무것도 하지 않고 살고 싶다. 6개월이든, 일 년이든, 그도 아니면 한 달이든 아무것도 안 하고 누구에게도 구속되지도 않은 상태로 머물다가 다시 내가 사는 곳으로 돌아오고 싶다. 지금의 희망이고 미래의 소망이다. 고단한 현재를 받아들이며, 현실 속에서 만족과 행복을 찾으려고 애를 쓴다. 짧은 시간이나마 즐기기 위해 컴퓨터 앞에서 작업을 하다가도 오후 네 시에서 다섯 시 반까지는 주변을 산책하거나 음악을 듣거나 책을 본다. 나를 위한 시간을 꼭 마련한다. 물질적으로 여유가 되지 않더라도 가까운 쇼핑몰로 외출을 해서 나를 위해 작은 선물을 한다. 내가 좋아하는 꽃을 사거나 향수를 사거나 액세서리를 사며 나를 토닥이며 응원한다.

나도 마흔 즈음까지는 '나중에 하지, 나중에 먹지.'라고만 했다. 나보다는 다른 사람을 우선적으로 배려했다. 나는 늘 뒤로 밀리기만 했다. 지금에야 느낀 거지만 자신을 먼저 챙겨야 다른 사람도 나를 챙긴다. 자신을 소홀히 대하다 보면 다른 사람도 나를 그렇게 대하더라. 겸손이 지나치면 자신감이 줄어들고 비굴해질 수 있다. 나를 먼저 챙기는 것도 어쩌면 용기다. 행복해지려면 용기가 필요하다. 나를 행복하게 하는 것이 '이것이다'라고 느껴지면 바로 움직여서 가지는 거다. '나중에, 나중에'라고 미루다간 나중이 없을 수도 있다. 누구에게나 오늘만 있을 뿐, 내일은 장담하지 못한다. 지금 나를 행복하게 해 주는 것을 찾아 누리면 그만이다. 형편에 맞게 소비하면 그만이다. 만 원짜리 커피가 아니더라도 천 원짜리 커피로 기쁨을 누릴 수가 있다. 기쁨을 발견하는 것도 능력이니까.

언제부턴가 혼자 쇼핑하는 것도 습관이 되어 버렸다. 누구의 눈치를 보지 않고, 누구의 의사를 묻지도 않고 마음이 이끄는 대로 몸을 움직이면 그만이다. 요즈음은 건강도 좋지 않고 밀린 원고가 많아 멀리 갈 수가 없어 가까운 곳에서 최선의 만족을 찾아 즐긴다. 마트, 전통시장에서도 기쁨은 있다. 나를 기쁘게 해 주는 그 무엇이 300원짜리 자판기 커피일 수도 있고, 뜨끈한 어묵 하나일 수도 있고, 하얀 백합 한 송이일 수도 있다. 나를 웃게 하는 것을 선택하면 된다. 그 선택을 놓치면 잠시 찾아온 행복을 놓치는 거다. 지금 커피가 마시고 싶으면 마시고, 포장마차의 뜨끈한 어묵이 먹고 싶으면 먹자. 버스를 놓치더라도, 약속 시간에 조금 늦더라도 이 순간의 즐거움을 미루지 말자. 놓친 기회는 다시 찾아오지 않으니까. 열심히 일을 하는 것도 행복하기 위해서다. 돈을 버는 것도, 사람을 만나는 것도 결국은 행복하기 위해서니까.

'내일과 다음 생 중에 어느 것이 먼저 올지 아무도 모른다'는 티베트 속담이 있다. 죽는 데에는 순서가 없다. 그냥 현실을 있는 그대로 받아들이며 최대한으로 즐겁게 살아야 한다. 일상에서 만나는 작은 만족이 행복이니까. 행복은 피타고라스의 정리처럼 정확하게 떨어지는 것이 아니라 어영부영하다가 놓치는, 장마 중에 만나는 짧은 햇살과도 같다. 대단하지 않다. 추위에 떨지 않고 굶주림으로 고통받지 않으면 된다. 두 발로 걸어 다닐 수 있으면 된다. 두 팔을 사용할 수 있으면 된다. 두 눈으로 볼 수 있으면 된다. 두 귀로 들을 수 있으면 된다. 남의 것을 부러워하지 말고 가진 것에서 행복을 발견하면 그만이다. 행복은 멀리 있는 것도 아니고 대단한 것도 아니니까. 아주 평범한 것이, 아주 사소한 것이 나를 웃게 하니까.

타인과 비교하지 말고 어제의 나와 비교하면 그만이다. 어제보다 걱정이 덜하고, 어제보다 더 건강하고, 어제보다 물질적으로 조금 더 풍부하면 된다. 커피를 마시고 꽃을 사며 여백을 즐기는 것, 빙그레 미소 짓는 순간이 자주 있으면 된다. 행복은 하늘의 별을 따는 것도, 땅에서 황금을 줍는 것도 아니다. 땀 흘려 일하는 과정에서 만나는 거니까.

소금밭 염부에게서
삶을 배우다

주말에 충청남도 태안군 근흥면 마금리의 안흥 염전을 찾았다. 소금을 만들기 위해 바닷물을 끌어들여 논처럼 만든 곳, 염전(鹽田). 염전의 농부인 염부들은 한낮의 해가 기울고 염전 바닥에 앙금이 엉기기 시작하면 '소금이 온다'고 표현한다. 오후 3시. 이 시간이 되면 염부들은 가장 바쁘게 움직인다. 뙤약볕 아래서 길쭉한 고무래로 소금을 긁어모으는 대패질을 하거나 바퀴 하나 달린 수레를 이용해 소금을 창고로 연신 실어 나른다. 바닷물을 가둬놓은 저수지, 바닷물을 졸이는 증발지, 소금이 결정을 맺으면서 덩어리가 무거워지면 바닥으로 가라앉는 결정지 등을 거쳐 소금은 조금씩 짜진다. 오래 둔다고 좋은 소금이 되는 것이 아니다. 알맞은 염도의 소금을 만들기 위해서는 22~24℃를 지켜야 한다. 정성이 좋은 소금을 생산하는 비결이다. 행여 비가 내려 바닷물이 빗물과 섞이면 소금 농사는 헛일이 되고 만다. 비를 피해 적당한 바람과 햇빛 속에서 굵고 실한 소금이 잘 무르익기를 기다린다. 그렇게 얻은 소금이 바로 굵은 소금, 왕소금이라고도 불리는 천일염이다. 반나절을 염부와 함께하다 보니 소금이 탄생하는 과정을 볼 수 있었다. 그 과정을 지켜보는 나에게 염부의 작업은 노동이 아니라 시간을 인내하는 묵언 수행이나 거룩한 종교의식 같다. 소금밭에서 소금을 긁는 소리가 오래도록 났고 짠물은 염전의 저수지, 증발지, 결정지로 차례차례 옮겨가며 서서히 '흰 꽃'에 가까워지고 있었다. 금방 만들어진 소금을 엄지손가락과 집게손가락으로 맛보았다. 설산의 무구한 눈처럼 무맛까지는 아니었지만 강렬한 짠맛은 거의 느껴지지 않았다. 아니, 짜기만 한 것이 아닌 짜고 담백하고 마지막엔 단맛이 올라왔다. 햇볕과 바람과 바닷물이 긴밀하게 짝을 이뤄 세상에 내보낸 볕소금의 맛은 생각보다 훨씬 부드러웠다. 염부의 일과는 노동의 결과물을 얻기 위해 다급함과 초조함에 익숙했던 내 삶에 대한 반성의 시간을 안겨 주었다. 기다림, 정성이 좋은 소금을 만드는 방법이다. 하얗게 높이 쌓인 소금은 주름 가득한 염부의 기다림의 선물이다. 그래서 마음이 더욱 숙연해진다. 소금밭에서 일하는 염부의 일상처럼 삶에도 정성과 노력이 있으면 아무리 힘든 시간도 이겨내리란 생각이 들었다. 이 세상에 힘들지 않은 일은 없으니까. 이유 없는 일은 일어나지도 않을 테니까. 염부는 수없이 찾아오던 청춘의 아픈 방랑을 소금에 묻으며 견뎌왔을 테니까. 그래서 더욱 소중한 소금이리라. 소금을 만들어내는 염부의 정성 어린 마음으로 내 삶을 살아간다면 두 번 다시 실패하지 않으리라. 문득 그런 확신이 들었다. 오로지 정성으로 살리라는 마음을 다지며 돌아간다. 나의 전쟁터 같은 일상으로.

엄마는 선홍색으로 물든 가을을 닮았다

옥색에 가까운 물빛은 찰랑거리며 햇살에 반짝거리고, 척박한 시간을 견뎌내기 위해 나무들은 잎으로 가던 수분과 영양분을 차단하고 줄기로 보내기 시작했다. 가장 붉게 제 몸을 태우다가 수직의 파문을 일으키며 낙화한 주홍빛 단풍잎은 누구의 발자취일까. 울긋불긋 산등성이를 물들이는 이 불길은 누구의 힘일까. 불덩어리를 안아 뜨거움이 번진 가을에 노을도 길을 잃었다.

소슬하게 비는 내렸고 엄마가 좋아하는 꼬치전, 잡채, 겉절이를 만들어 엄마 집에 도착하니 엄마는 텔레비전을 보고 계셨다. 잘 걷지 못하시는 엄마에게 텔레비전이 친구가 되었다. 식사도 잘 하시고 그런대로 건강하셨다. 그런 엄마를 지켜본 나는 머리부터 발끝까지 엄마의 모습을 마음속에다 스캔하며 길게 자란 엄마의 손톱과 발톱을 깎아 드렸다. 괜찮다고 하시지만 표정은 아이처럼 좋아하셨다. 8남매를 낳아 매일 뜨신 밥을 먹이며 사랑으로 알뜰히 키우셨던 엄마. 이른 새벽, 천수경을 틀어놓고 108개의 염주알을 돌리시며 자식들의 행복을 비셨다. 자식들에게 짐이 되지 않게, 기억을 잃지 않기 위해 거울에 가족사진을 붙여 놓고 먼저 가신 아버지, 세상에 흩어져 살아가는 자식과 손자, 손녀들을 자세히 새기셨다. 그리움도 원망도 옛말, 마른 촛농 같은 심심한 평화가 방 안을 채웠고 다 내려놓은 두 손에는 고운 기억들만 희미하게 걸쳐 있다. 라디오에서는 소프라노 신영옥 씨가 애절하게 〈나의 어머니〉를 노래했다. '나의 어머니, 내가 어렸을 때 어머니는 내게 가야 할 올바른 길을 가르쳐 주셨죠. 어머니 품 안이 아니었다면 내가 지금 어디 있을까요? 어머니, 사랑하는 나의 어머니. 어머니, 어머니는 내게 말로 설명할 수 없는 너무도 큰 행복을 주셨습니다…." 노래가 나오는 3분여 시간 동안 무수한 기억들이 들락거렸다. 엄마에게 칭찬을 듣고 깡충깡충 뛰던 소녀 시절의 내가 왔다 가고, 탐욕 가득한 손길로 채우기에 바빴던 젊은 날의 오빠도 보였고, 시간의 갈피가 두터워질 때마다 용서하지 못할 것들을 태우던 쉰 살의 엄마도 보였다. 소담한 사연들이 저절로 소환되어 머물렀다가 느릿느릿 멀어져 갔다. 왜 기억은 춥기도 전에 앙상하게 야위는 걸까. 서 있는 것도 힘드시면서 "다 괜찮다."로 뚝 잘라 말하실까. 엄마의 눈빛은 파란만장한 풍파 한데 모아 선홍색으로 물든 가을을 닮았다.

나의 보물들

탈고를 끝내니 유한적이나마 자유롭다. 끝은 또 다른 시작일 뿐. 나는 또 다른 선택의 갈림길에 서 있다. 일 년 만에 무라카미 하루키의 소설《노르웨이의 숲》을 한 손에 들고 비틀스의 〈Let it be〉를 들으며 기차에 올랐다. 살아가면서 의도하지 않게 오른쪽 길, 왼쪽 길을 넘나들며 자연스레 정체성을 찾았던 날들을 회상하는 사이에 익숙한 역에 도착했다. 그곳에는 기차의 먼 기적 받아먹으며 연통을 빠져나온 메케한 연기가 흩어지고 있었다. 오랜만에 맡아보는 익숙한 냄새였다. 커피우유를 사기 위해 작은 상점을 들어가니 머리가 희끗한 할머니가 반겨주셨고, 연탄난로 위에는 보글보글 주전자 물이 끓고 있었다. 연탄을 본 순간 아련한 추억들이 수증기를 타고 새록새록 피어올랐다. 연탄은 내 기억 속의 희망이었다. 펌프질을 해서 물을 퍼 올려 빨래를 하고, 연탄불에 밥을 짓고, 연탄불 옆에서 운동화를 말렸다. 어머니는 밥이 식을까봐 그릇에 밥을 퍼서 아랫목에 묻어 두셨다. 이 모두가 나의 정체성을 찾는 과정이었다. 온전한 작가로 돌아와 다시 도착한 이곳, 내 머릿속 시간이 하염없이 거꾸로 흘러갔다. 시간 위에서 시간 밑을 바라본 풍경은 평화롭다. 낡은 의자와 연탄난로, 배불뚝이 브라운관 TV, 연탄을 창고에 가득 쌓아놓고 흐뭇한 표정을 짓던 어머니, 이 모두가 글을 쓰는 데 소중한 자료가 되는 보물들이다. 어릴 적 내가 살던 곳엔 고층 아파트가 들어섰고, 뒷산은 깎이고 실개천은 메워져서 아스팔트로 덮였다. 눈앞에 보이는 실물들을 탈색한 뒤 기억 속에 저장된 것들을 억지로 소환하여 윤색하고 있다. 울컥해진다. 그립다. 내 기억 속의 사람들이. 이곳에 오면 시간은 늘 빠르게 흐른다. 모두가 깊은 잠에 빠진 이 시간도 어딘가에서 움트고 있을 씨앗들. 어느덧 해는 지고 서울로 가는 자그마한 플랫폼, 어둠을 머금은 눈발이 흩날린다. 눈이 내리는 밤이면 현관문을 꼭 잠그고 일곱 난쟁이와 백설공주를 읽어 주던 눈이 큰 아이에게 안부 메시지가 도착했다. 막 도착한 메시지 하나 꺼내어 심장에 품는다. 입가에 번지는 미소에 마음이 따라간다. 왼쪽은 흙길, 오른쪽은 아스팔트 길, 나는 차가 많이 다니는 아스팔트 길을 유유히 걷고 있다. 겁 없이. 투명하다. 내 모든 것들이. 하늘이 넓어진다. 여기 너머 저기로 향하는 능선을 따라 별빛이 쏟아진다. 나와 눈이 큰 아이의 별, 무수히 빛난다. 어제보다 더 선명해진다.

견딜 수 있는 것들이 견딜 수 없게 하고,
견딜 수 없는 것들이 견디게 한다

내게 가치 있는 것은 나무에서 사과 떨어지듯 툭 떨어지는 것이 아니다. 땅에서 새싹 돋듯 불쑥 솟는 것도 아니다. 문 열어두고 가만히 앉아 기다려도 오지 않는다. 자발적으로 방향을 제대로 찾아 부지런히 움직이고 보살피며 소유하려는 간절한 마음이 하늘에 닿아야 한다. 음악가 베토벤을 보더라도 한평생을 가난과 실연, 병에 시달리며 살았다. 베토벤의 아버지는 테너 가수였지만 4살 때부터 음악공부를 강요하며 어린 베토벤을 밥벌이의 도구로 삼았다. 베토벤은 어린 시절 우울하고 고통스럽게 지냈다. 그러다가 17세에 어머니를 잃었고 28세에 청각을 잃는 비참한 운명을 맞다가 서른 초반에 죽을 결심도 하지만 다시 일어나 악착같이 생을 붙잡는다. 그는 원하는 것을 얻기 위해 귀가 들리지 않음에도 작곡에 몰두했다. 그 결과 대표작이라 할 수 있는 교향곡 제3번 〈영웅〉, 제5번 〈운명〉을 탄생시켰다. 그의 마지막 작품이자 가장 유명한 교향곡 제9번 〈합창〉을 빈에서 지휘했을 때 관중들은 일어나 아낌없이 박수를 쳤지만 청력을 완전히 잃은 베토벤은 들을 수가 없었다. 단원 중 한 사람이 베토벤의 몸을 돌려 관중석을 향하게 하였을 때 비로소 성공을 거둔 것을 알고 눈물을 흘렸다. 베토벤은 암흑 같은 시련을 꿋꿋하게 이겨냈다. 그래서 가치 있는 작품이 탄생되었다.

무엇이든 혹독한 고통이 지나고 나면 달다. 그러니까 원하는 것이 있다면 그것이 있는 방향으로 몸을 움직이며 정성을 다해야 한다. 간절히 원하고 열심히 일했다고 해도 한 번에 영광을 안지 못할 때도 있다. 그러나 정말 열심히 했고 하는 동안 즐거웠다면 마음은 뿌듯하다. 아마도 다음에 도전할 때는 더 신중하고 더 몰입하여 더 나은 결과를 안게 될 테니까. 원하는 것을 간절히 바라면서 정성을 다해야 가치 있는 결과가 나를 향해 달려온다. 과거를 회상해 보면 어릴 적에 난 책 읽기를 좋아했다. 부모 곁을 떠나 객지 생활을 하면서 사고 싶은 책을 맘대로 사지 못했다. 주말이면 자주 도서관이나 서점을 찾아 모퉁이에 기대 앉아 읽다가 메모해 두고는 주말에 다시 가서 그 책을 끝까지 읽곤 했다. 대학을 들어가서도 책이 읽고 싶어 교수 연구실 조교로 들어갔다. 한 번은 두툼한 셰익스피어 전집이 갖고 싶어 서점에서 수십 번을 만지작거리기만 하다가 결국은 지도교수님에게

책을 빌려 여름 방학 내내 읽은 적도 있다. 전업작가로 살고 있는 내게 가장 가치 있는 일은 글을 써서 공감을 얻어내는 것이다. 그것이 생이 다하는 날까지 나의 사명이다.

돌아보면 아프고 방황했던 그 시절 나의 정체성을 찾게 해 준 것은 책이었다. 나에게 온 책은 나를 만나는 순간 나와 함께 나이가 들어가며 내 호흡과 내 시야를 기쁘게 하기도, 아프게 하기도 한다. 학창 시절 지도교수님이 선물한 책, 연구실 교수님이 빌려 준 책, 크리스마스 선물로 받은 책, 지인이 준 책, 친구가 선물한 책 등이 눈앞에 있다. 책을 펼치면 여백마다 지도교수님의 강의를 놓치지 않기 위해 깨알같이 써놓은 스무 살의 내가 지금의 나와 뒤엉킨다. 스스로를 감동시킬 만큼 최선을 다해 살아본 사람은 안다. 나에게 감동을 주는 것은 무엇인지, 나를 춤추게 하는 것은 무엇인지. 그걸 알게 되면 대단하지 않더라도 몰입하게 된다. 몰입 속에 새로운 발견이 있으니까. 새로운 발견은 곧 창조니까. 그때 그 시절은 강물에 떠오른 붉은 꽃잎이 되어 나를 아프게도 하고 기쁘게도 한다. 그러나 분명한 것은 과거의 그 책들이 현재 나에게 밥을 먹여주고 갖고 싶은 것을 사게 해 준다는 사실이다.

'눈물을 흘리면서 빵을 먹어보지 못한 사람은 인생의 참맛을 알 수 없다.'고 괴테는 말했다. 하늘을 바라보며 치솟는 대나무를 보더라도 높이 오르기 위해 애를 쓴다. 스스로 가벼워지기 위해 속을 비운다. 사과나무를 보더라도 처음에는 생육 활동을 열심히 해서 하얗게 꽃향기를 피우며 주렁주렁 열매를 단다. 그러나 겨울이 오면 사과와 잎을 다 내어주고 나목으로 혹독한 추위를 견딘다. 인생도 그렇다. 가치 있는 무언가를 얻기 위해서는 봄, 여름, 가을, 겨울을 순응하며 견뎌야 한다. 따스함도 누리고 혹독한 더위도, 상쾌한 바람도, 잔인한 추위도 견뎌야 한다. 살다 보면 견딜 수 있는 것들이 견딜 수 없게 하고 견딜 수 없는 것들이 견디게 한다. 그것이 생의 섭리이고 합의다.

CHAPTER 2

길 위의 인생 수업

서늘한 빗줄기가 가을을 데려다 주고서
총총걸음으로 떠나가는 이 고즈넉한 밤.
그리운 사람과 마주 앉아
술 한 잔 할 수 있다면 얼마나 좋을까.

기다리는 마음이 수없이 오고 갔다

칠흑 같은 어둠이 길을 연다. 휘황찬란했던 낮빛은 거친 숨을 몰아쉬며 질주를 한다. 미처 따라가지 못한 빛줄기가 먼지로 흩어진다. 반평생 무릎을 접어 지내다 보니 온몸이 저리도록 안절부절못했다. 이제 그것도 끝을 달리고 있는지 강 건너듯 저편에 아침이 오고 있다. 내 기억 속에 살아 있는 영롱한 아침이 오나 보다. 물론 쓸쓸하게 점멸하는 저녁도 있을 것이다. 목숨처럼 간직했던 씨앗, 나를 보호하기 위해 절약했던 사랑, 그리하여 전설이 되지 못한 꽃, 허락받지 못한 욕망, 밀어내지 못하고 숨겨둔 이름, 모두 흘러가는 어둠 속으로 밀어 넣는다. 오고 싶을 때 왔다가 가고 싶을 때 가던 열망도 지친 듯이 떠나간다. 이렇게 집착했던 마음을 놓아버리니 밝아진 영혼이 평화롭게 유영한다. 푸드덕 꿈꾸며 물빛보다 더 환한 날이 내 앞에 있다. 이토록 멋진 봄날에 나는 두 발이 묶였다. 기다림으로 응축된 시간이 물러

나니 모든 게 태평하다. 기다리는 동안 기다리는 마음이 수없이 오고 갔다. 누구에게도 그 무엇에게도 폐 끼치지 않아 좋다. 라흐마니노프의 회색빛 선율을 깔아놓고 유리창과 마주앉아 봉지 커피를 타 마셔도 그저 좋다. 홀로 공원 한복판을 지키는 초록 기둥도 오늘은 외롭지 않아 보인다. 어둠 속을 맨발로 걸으며 단단히 여문 욕망 하나 땡볕에 툭, 터뜨린다. 사륵사륵 아침 햇살이 내 안으로 흘러든다. 연이어 꽃처럼 피어오르는 무지갯빛 햇살, 연둣빛 풀꽃이 줄지어 번진다. 완벽한 아침, 환희의 이 순간에 그대 닮은 푸른 꽃잎에 눈맞춤한다.

다시, 가을에

참 지루한 여름이 끝나고 다시 가을이다. 나를 좀 더 선명하게 보기 위해 길 위에 섰다. 미시령, 진부령, 한계령을 넘어가며 느릿느릿 움직이다 보니 해 질 녘에 경포대에 도착했다. 바다는 언제나 흔들리는 마음을 포근하게 껴안아 준다. 동해바다의 7번 국도는 20년 전이나 지금이나 한결같이 아름답다. 강원도를 찾는 이유 중의 하나도 바로 7번 국도를 만나기 위해서다. 7번 국도의 배경은 셀 수 없을 만큼 많은 영화와 드라마 속의 배경이 되기도 했다.

누군가는 말했다. 경포대에는 5개의 달이 뜬다고. 하늘에 뜨는 달, 호수에 뜨는 달, 바다에 뜨는 달, 술잔에 뜨는 달, 그리고 사랑하는 이의 눈동자에 뜨는 달. 작가로 사는 나에게는 오로지 초희라는 이름으로 한 떨기 꽃 같은 시를 남기고 스물일곱 살로 숨을 거둔 허난설헌이 떠오른다.

동해바다가 시선을 끌어당기는 것은 국화와 들꽃, 그리고 길게 늘어선 붉은 소나무다. 그 고즈넉한 풍경에 함께 빠져들면 마음이 푸근해진다. 푸른 솔잎은 뉘엿뉘엿 떨어지는 햇빛 틈에서 주황빛으로 물든다. 건너편 산등성이의 울긋불긋한 단풍나무 앞에는 모든 것들과 이별을 하려는 11월, 12월의 앙상한 나무도 멀지 않은 곳에 서 있다. 이제 곧 자연도 무수히 쏟아냈던 밀어들과 아쉬운 이별을 해야 한다. 화려했던 모든 것들과의 아름다운 이별을 준비해야 하기에 더 고독하고 슬프고 외로운지도 모르겠다. 나 역시 화려함과 불편함을 주었던 것들과 조용한 이별을 할 때다. 시퍼런 물빛은 찰랑거리며 햇살에 반짝거리고, 파도는 첫눈처럼 하얗게 밀려왔다 쓸려간다. 주홍빛으로 곱게 물든 방금 낙하한 단풍잎을 보니 애틋함이 밀려든다. 느닷없이 서른 즈음에 활화산처럼 타올랐던 불같은 애정, 그것을 선물했던 분이 환하게 떠오른다. 늘 미소 지으며 나직하게 내 이름을 부르시던 분, 포장마차에서 잔치국수를 먹으며 인생을 설계했던 분, 나를 아프게 하기도 했지만 더 많은 순간 기쁘게 했던 분, 그분이 그립다. 이렇게 수십 번의 가을이 지나갔지만 여전히 가을앓이는 계속되고 있다. 그리움은 여전히 처형되지 않고 겨울을 향해 줄달음치고 있다. 어쩌면 눈감는 그날이 와야 이 치명적인 그리움이 멈추게 될지도. 내 그리움은 여전히 경포대 바닷가를 헤집고 다닌다. 차가워진 물보라에 뺨을 적시며 바닷길을 걸었다.

'쏴아' 하는 파도 소리가 먼 데서부터 너울거린다. 하얀 물보라가 붉은 소나무 사이를 걸어 다닌다. 시간에 쫓긴 듯한 무리의 관광객들이 성큼성큼 지나간다. 서늘한 빗줄기가 가을을 데려다 주고서 총총걸음으로 떠나가는 이 고즈넉한 밤. 그리운 사람과 마주 앉아 술 한 잔 할 수 있다면 얼마나 좋을까. 겹겹이 쌓인 고독이 소리 없이 녹아내릴 것 같다. 이 마음이 그리운 사람에게 닿을지 모르겠지만 아니, 닿기를 바라며 비릿한 바다 향을 맡으며 홀로 술 한 잔 하련다.

술이 달다

살아 있지만 살아 있지 않아 죽도록 의문이 드는 날, 침묵마저 흔들려 아무것도 감당할 수 없는 날이 오면 진토닉 한 잔으로 혼수상태에 빠진다. 억지로 벗어나기 위함이라기보다 시간이 허락해야 풀어지기에 모든 걸 시간에 맡기고 술에 푹 취한다. 나의 의지, 힘으로도 어쩌지 못하는 날, 내가 맘에 들지 않는 날에는 술의 힘으로 나를 결박한다. 내 앞에 멈춰 안부를 묻는 수많은 사연들에 파묻혀 다짐하며 끌어안다가도 내려놓기를 수백 번, 그로 인해 늘 언저리에서만 맴돌았다. 이렇게 살지는 말아야지 하면서도 이렇게 살아가고 있고, 날아올라야지 하면서도 다친 날개를 치료하지 못해 주저앉았다. 홀로 숨어 울 곳을 찾아 웅크리고 소리 내어 울었다. 파도가 거칠게 몰아치는데 노를 저어야지 하면서도 밀려드는 외로움과 두려움에 홀로 바다 한복판에서 노만 움켜쥐고 또 울었다. 그렇게 죽도록 포도알만 한 눈물을 쏟아내고 나면 울고 있는 내 인생이 억울해서 기어이 일어난다. 지난했던 시간을 돌이켜보면 넘쳐나는 긍정, 착해빠진 겸손 때문에 늘 가난하고 쓸쓸했다. 체념으로 눌리다가도 그만큼 더 부푼 희망으로 몸부림쳤다. 이렇게 살아서는 안 되지, 독하게 살아야지 하면서도 배려만 하고 양보만 하다가 큰 욕심 한번 내어보지 못했다. 큰 다짐만 수천 번, 균형 잡는다고 또 수천 번 흔들렸다. 이렇게 계절이 바뀌고 벚꽃이 하얗게 피어난 봄의 정류장에서 있다. 길게 줄지어 봄 버스를 기다리고 있는 행인을 다 태우고 빠르게 꼬리를 감추었다. 덩그러니 나만 남았다. 다른 봄 버스가 올 때까지 얼마나 더 기다려야 할까. 내가 괜히 못마땅하고 가엾어진다. 억지로 혼수상태에 빠진다. 술의 힘으로 망각의 늪에서 춤을 추었다. 얼마나 될지 모르는 기다림을 기다리며 혼수상태에 빠진다. 순식간에 빠져드는 블랙홀, 별들의 말간 눈빛마저 꽃이 되어 내리는 밤, 술이 달다. 술이 술을 마신다.

푸르게 출렁이는 고단한 것들

사막의 햇살처럼 살갗을 태울 것 같던 공포의 여름 볕도, 귀청을 뚫을 듯 울어대던 죽음의 매미 소리도 사라지고 말았다. 황금 들판에는 벼가 고개 숙인 채로 바람의 춤사위에 따라 물결 춤을 추고 있다. 쇼팽이나 브람스의 교향곡이 어울리는 가을이 도착했다. 가을에 약한 내 몸 역시 계절을 기억하기에 양말과 양털조끼로 몸단장을 했다. 가을바람만 맞으면 각질이 하얗게 일어나고 피부가 트고 누구에게 두들겨 맞은 듯 뼈가 욱신거리고 시리다. 이 나이가 되도록 여태껏 보약 한번을 먹어보지 못했다. 밥만 열심히 챙겨먹으면 그게 보약인 줄 알고 살았다. 최근 마감원고가 늦어져 밤늦도록 컴퓨터 앞에 앉아 무리한 탓에 눈에 실핏줄이 터졌다. 그저 일시적인 충혈이라 생각하고 약국에 가서 안약을 사서 이틀을 열심히 넣었지만 낫지 않아 안과에 갔다. 과도한 스트레스와 높은 안압이 원인이라 했다. 육체적, 정신적 과부

화가 눈으로 집약되어 터진 거다. '나이는 못 속인다'는 옛말이 떠올랐다. 작년부터 몸에 이상 신호가 자주 왔다. 전혀 경험하지 못했던 기분 나쁜 통증이 가끔씩 나를 두렵게 한다. 미루다가 더 큰 고통에 빠져들까봐 병원으로 달려갔다. 의사선생님이 웃으며 툭 던지는 한마디의 말씀, "마음이 기억하지 못하는 나이라도 몸은 기억하거든요." 이제는 몸이 망가지고 있다는 거다. 이제는 아플 나이가 되었다는 사실을 인정하니까 더 우울해지고 답답했다. 일주일간 쉬라는 의사의 한마디는 일주일을 쉬지 않으면 큰일이 날 수도 있다는 무서운 경고처럼 들렸다. 쉬기로 작정하고 밀린 원고를 매몰차게 밀어내고 강변을 산책했다. 강변 산책로 곳곳에 피어 있는 가을의 전령사 코스모스도 하늘거리며 반갑게 맞아준다. 코끝에 스미는 비릿한 강내음도 나쁘지 않았다. 오늘처럼 심하게 몸이 아플 때는 산다는 것이 그저 고단한 의식이란 생각이 든다. 든든한 보호 한번 제대로 받지 못하고 영원히 보호자 역할을 하며 살아가는 운명이라 생각하니 서글퍼진다. 그런 생각이 밀물처럼 덮칠 때에는 등에 무거운 짐을 지고 사막을 터벅터벅 걸어가는 낙타가 떠오른다. 낙타의 생을 닮은 운명이라고 할까. 그렇다고 몸이 아프다는 말을 하며 어깨에 기대어 위로받고 싶은데 선명하게 떠오르는 사람이 있는 것도 아니다. 이 사람은 이래서 안 되고 저 사람은 저래서 불편하다. 아프다는 말을 하면 "그래, 힘들지? 좀 쉬어."란 말이 듣고 싶은데

"나도 아파. 다 아프면서 사는 거야."란 말로 돌아올 것 같다. 그 말을 듣는 것이 나를 더 슬프게 할 것 같아 아프다는 말을 토해낸 적이 없다. 여전히 할 일이 많이 남아 있기에 아프다는 말은 사치일 뿐이다. 사방을 둘러보면 수북이 쌓여 여전히 내 손길을 기다리며 푸르게 출렁이고 있다.

첫눈은 겨울을 물어다 놓았다

첫눈이 내렸다. 첫눈치고 폭설이 내려 도심의 길들이 질척거리고 눈발에 무거워진 가로수가 휘어진다. 단풍이 흩어지기 전에 느닷없이 찾아온 겨울 손님, 첫눈은 온전히 겨울을 물어다 놓았다. 이별을 미루던 가을은 야금야금 서슬 퍼런 발걸음으로 점령하는 겨울에게 자리를 내어 주었다. 춥게 웅크리며 추락하던 낙엽도 흩날리며 산으로 돌아갔다. 취하여 비틀대는 고독이 첫눈과 함께 배달되었다. 기척도 없이 누가 내 안을 왔다 간 듯 소란하다. 나는 이별하는 법을 모르는데 이별하고 있다. 흔들리는 동공에 잡힌 세상은 온통 무채색 밭이다. 세상은 색 고운 수채화의 옷을 벗어던지고 결 고운 수묵화의 옷으로 갈아입었다. 가을은 꺼지기 전의 마지막 불꽃처럼 타오르다가 형형색색의 사연들을 다 토해내지 못하고 쓸쓸하게 떠났다. 미처 떨어지지 못한 붉은 잎이 애잔하다. 이렇게 불쑥 무엇 하나 내 가슴에서 빠져

나가니 세상 한 곳이 환하다. 이곳은 동토의 빙하 같은 색을 머금은 채 푸른 안개로 뒤덮일 것이다. 계절은 깊숙이 파고들어 존재감을 드러내며 세상을 뒤흔들 것이다. 누구에게는 결실로, 누구에게는 상실로 각자의 기억 속에 머물 것이다. 머지않아 가슴을 후려치는 삭풍과 눈보라가 몰아칠 것이다. 흐드러지듯 흰 날갯짓으로 시선을 강탈할 눈의 춤도 보게 되리라.

길 위에 선다

인제 원대리 숲으로 들어가 바람에 흔들리는 자작나무를 보며 하루키의 소설을 읽는다. 산딸기 따 먹고 계곡물 흐르는 소리 들으며 책을 읽다 보면 내일로 굴러가던 머리도 잠시 정지된다. 유유히 흐르는 좌표 없는 풍경, 긴 그림자 남기며 번져가듯 낙하하는 태양, 모두가 잊지 못할 풍경이다. 그 풍경 하나를 지치고 힘들 때 꺼내보면 흐뭇하다. 비릿한 욕망을 친친 감고 그러데이션처럼 걸어가는 육체도, 말간 눈물 안고 유리창을 통과하는 영혼도 다 잊힌다. 가슴에 박히던 타인의 말이, 시선이 흐르면서 잔잔해진다. 나만의 세상에서, 버건디 색의 립스틱을 바르며, 와인 한 잔을 마시며, 비트 음악에 맞춰 춤을 추는 것, 나만의 세상에 고립되는 것, 온전히 나를 느낄 수 있는 것, 혼자여야 할 때에 과감히 혼자가 되는 것, 그것이 맞이고, 단단한 자아로 온전히 나로 사는 것, 행여 다 무너지더라도 벌떡 일어나 다시 짓는다. 잠 못 이루는 밤이 오면 릴케의 시집을 펼쳐 아무 페이지나 읽으면 된다. 하고 싶은 걸 하지 못해 인내라는 걸 해야 할 때, 책이 내어 준 향기는 길이 된다. 구불구불한 길은 다림질한 듯 펴지고, 하늘을 날아다니던 햇살 물고기, 아스팔트에서 푸득거리며 춤춘다. 다시 세상은 열리고, 나는 신발 끈을 고쳐 매어 길 위에 선다.

어떤 날에는 운 좋게

길을 나섰다. 어떤 날은 흐드러지게 핀 장미꽃길을 걸어갔다. 또 어떤 날에는 가시밭길이 이어졌고 간간이 독이 묻어 있었다. 한 걸음 두 걸음 걸으면서 독약이, 묘약으로 덧칠하고 있다. 어떤 길에서는 한참을 걷다 보니 잘못된 주소로 들어가고 있었다. 무작정 꽃밭을 상상하며 갔던 것이다. 안타까운 나의 흰 발이여! 나를 찾아 쏟아지는 검은 햇빛이 오늘은 왜 이렇게 야속할까. 차라리 비라도 퍼부었으면. 누군가 나를 배제하려 드는 느낌을 지울 수 없다. 이 세상에서 나는 소거되어야 하나? 언제까지 양보로 덧칠하고 살아야 할까. 살아가는 것이 죽는 것보다 더 무섭다. 이런 날 쪼그리고 앉아 울어도 춥지 않을, 볕드는 곳이라도 있었으면 파괴되거나 사라지지 않고 잘 살아낼 텐데. 예정된 눈물의 세계 속에 나는 있다. 자주 있을 것이다. 길에서 우는 일이. 그저 하루치의 슬픔을 배당받고 슬픔을 토해내서라도, 어찌

하든 내 자리로 가야만 한다. 답답함에 눈물을 쏟아낸 사이, 밤하늘에선 한 번도 본 적 없는 누군가 내려오고 있다. 나에게 무엇을 주문하기 위해서일까. 어쨌든 나의 운명은 늘 그 자리에서 나를 내려다보며 내가 도착하기만 기다릴 것이고, 나는 꾸준히 그곳을 향해 가야 한다. 무수히 많은 사람들이 낭떠러지에 쓸모없게 버려지는 것처럼, 느릿느릿 달팽이가 되더라도 가야 한다. 가지 않으면 언젠가는 버려질 것이기에. 누군가 내 자리를 차지할 것이기에. 내가 간구하는 소중한 것들은 정해진 순서에 따라 '존재했다, 사라졌다'를 반복하며 귀결될 것이기에. 내가 아니면 내가 바라든 바라지 않든 그 자리는 다른 누군가로 채워질 것이기에. 나는 가야 한다. 내가 선택한 이 길, 출구 없는 삶이라 해도 문을 그려 넣으며 가야 한다. 도처의 소문 없는 죽음들을 기억하며 가야 한다. 궁지를 헤쳐 나가야 햇빛 속으로 걸어오는 귀한 것을 만날 것이다. 나는 확신한다. 지난한 고난도 끝내는 머물다 떠날 것임을. 다만 내가 가고 있는 길에 꽃길이 아니어도 반갑게 인사하는 코스모스 한 그루쯤 만났으면 좋겠다. 내가 가는 길 잠시 웃으며 갈 수 있게. '아무 일도 일어나지 않노라, 잘 가고 있노라.'라는 응원의 향기를 뿜어 주었으면 좋겠다. 지금껏 숨 쉬어 왔던 것들을 뱉으며 박자를 놓치며 가고 있던 날들, 지그재그의 느린 걸음으로 내 자리에 가까워지려 했던 날들을 위로받을 수 있게. 어떤 날에는 운 좋게 들판의 꽃의 위로라도 받을 수 있으면 좋겠다. 그동안 내 자리를 차지하기 위해 무수히 소비하며 살았지만, 그 무모하다고 생각하며 결사적으로 사용하던 시간도 결국은 나의 자리를 찾아가고 있었던 것임을, 나의 자리를 넓혀갈 수 있게, 선명한 나의 자리를 차지할 수 있게, 힘이 되는 소식이 많아졌으면 좋겠다.

고독이 주는 선물

책 정리를 하다가 교직생활 시절 교무수첩이 눈에 들어왔다. 이십 대 중반에 담임을 맡아 힘들었던 순간이 메모되어 있다. 중간중간에는 습작시도 적혀 있고 아이들을 향한 마음이 담긴 글귀도 보였다. '아이들이 예쁘다', '고독하다', '인간관계가 어렵다'란 문구가 눈에 밟힌다. 돌이켜보아도 가장 힘들었던 것이 인간관계였다. 교무수첩에 크고 굵직하게 쓰인 '고독'이라는 단어 하나가 그 시절 내 삶의 전부를 말해 준다. 좌충우돌하던 이십 대 중반에 고독 안에서 삶의 이유를 찾았다. 내가 마주하는 고독 안에는 말로 다 할 수 없는 많은 것들이 포함되어 있다. 누구나 그렇지만 이십 대 중반에 들어서면 일도 일이지만 평생의 배우자를 선택해야 하는 시기이기도 하기 때문에 늘 두렵고 자신이 없었다. 지독한 고독에 빠져들었기에 시인이 되었는지도 모른다. 뉴에이지 음악을 들으며 글을 쓰는 버릇도 그때부터였으니까. 고독과 연애하며 살았다고 해도 과언이 아니다.

생각해 보면 '외로움'과 '고독'은 같은 것 같지만 분명히 다르다. 영어로 외로움은 loneliness, 고독은 solitude다. 모두 혼자라는 의미이지만 '외로움'은 누군가가 곁에 없어 불안하다는 것이고, '고독'은 상대가 없어도 혼자 있는 것이 자유롭고 또 그것을 즐긴다는 것이다. '외로움'은 혼자서는 아무것도 할 수 없지만 '고독'은 혼자 있어도 무언가를 할 수 있다. '외로움'은 불안, '고독'은 자유라고나 할까? 다시 말해 '고독'은 굳이 상대가 필요치 않아 잘 다스리면 든든한 내적 성장을 이끈다. 혼자 있는 것을 유난히 좋아했던 나는 좀 더 깊이 고독에 빠져들었던 것 같다. 함께 어울리고 함께 밥을 먹으며 함께 무언가를 만들어내는 것이 조직생활의 맛인데 난 그 반대였다. 물론 아이들과 함께하는 동안은 시간 가는 줄 모르고 즐겼다. 그러나 교무실로 들어오면 미치도록 고독했다. 마치 나 혼자 투명인간처럼 교무실에 앉아 있는 느낌이었으니까. 교무실, 교실과 운동장은 시끄러운데, 그 한가운데서 난 기꺼이 고독과 휩쓸렸으니까. 군중 속의 고독이라는 말이 실감 날 정도로 고독의 늪에서 춤을 추었으니까. 나 혼자서.

릴케가 쓴 〈로댕론〉에 보면 이런 문구가 있다. '로댕은 무명 시절에는 참으로 고독했지만 유명해지고 나서는 더욱 고독했다.'

처음 이 문구를 읽었던 이십 대 중반에는 무슨 말인지 정확하게 깨닫지 못했다. 그러나 고독한 생활을 수십 년을 하고 나서야 폐부 깊숙이 와 닿았다. 홀로 있든, 둘이 있든, 가족과 있든, 연인과 있든, 무엇을 하든 알고 보면 누구나 혼자이지 않은 사람은 없다. 혼자이기에 고독하다. 다만 고독하다는 사실을 크게 느끼거나 적게 느낄 뿐이다. 자신 속으로 빠져 들어가 고독과 마주하는 시간을 가졌을 때 민낯의 순수하고 순결한 나와 마주한다. 가장 고독할 때 가장 순수한 나를 만난다. 가장 정직하고 적나라하게 나와 대화한다. '나는 누구인가, 왜 사는가'를 스스로에게 질문한다. "30년 동안 괜찮게 살았네. 아니면 그동안 어떻게 버텨왔을까!" 그러면서 반성도 하고 성찰을 한다. 그러면서 앞으로의 생을 어떤 목적을 가지고 어떻게 살아야 하는지 해답을 찾아 노력하게 된다. 이전의 삶, 앞으로의 삶에 대한 선과 악을 되짚어 보며 존재의 이유와 가치를 찾아가는 귀한 시간이다. 그 시간이 바로 참된 모습을 발견하는 순간이고 조금씩 어른이 되어가는 과정이다. 고독한 나의 참모습을 발견했을 때 나에 대한 연민이 생기고 나를 더 많이 사랑하고 칭찬하겠다는 마음이 강해진다.

청춘 시절 고독한 영혼 속에서도 많은 것을 꿈꾸었다. 첫째는 아이들에게 사랑받는 충실한 선생님이 되기를 꿈꾸었고, 둘째는 가치 있는 생을 살기 위해 글을 쓰는 것도 놓치기 싫었다. 세

번째로는 가족의 구성원으로서의 책임을 다하기 위해 애를 썼다. 그러나 최선을 다해도 내 힘으로 안 되는 일이 있더라. 낯가림이 심해 타인과의 소통이 매끄럽지 못했다. 기회가 많았음에도 불구하고 스스로 차단을 시켜 화려한 꽃길을 걸을 수 있는 기회를 걷어찼다. 그럼에도 하나의 문이 닫히면 반드시 다른 문이 열렸다. 교사를 그만두고 은둔 작가로 살면서 독자들에게 사랑받는 작품을 발표하게 되었으니까. 그것이 은둔 작가의 생활을 부채질했다. 고독에 풍덩 빠져 살았다. 그리고 스스로를 타일렀다. 행여 궁핍하게 되더라도 비굴하지는 말자고. 어떠한 경우에도 정직하고 자존감을 잃지 말자고. 그래서 궁핍함이 단련되어 웬만한 결핍에도 웃어넘기는 마음을 가졌는지도 모른다. 궁핍과 고독함을 탓하지 않고 고독을 사명으로 여기며 글을 쓰고 있다. 여전히 처절하게 고독하다고 고백한다. 무언가 눈에 보이지 않고 손에 잡히지 않아 마구 사정없이 휘둘릴 때는 고독에 풍덩 빠져보라고 말한다. 고독이 인간을 얼마나 순수하고 정직하고 겸손하게 길들이는가를 느낄 테니까. 작은 것에도 감사할 줄 아는 마음을 갖게 할 테니까. 그래서 지극히 작고 평범해도 충분히 풍요로움을 느끼게 될 테니까. 순수한 고독에 빠져 보면 마음으로 보고 느끼는 진실을 안게 된다. 그러니까 고독과 연애를 하면 무언가가 손에 잡힌다.

고독하다는 건 소망이 남아 있다는 거다. 소망이 남아 있다는 건 아직 나에게 기회가 남아 있다는 거다. 기회가 남아 있다는 건 아직 나에게 시간이 남아 있다는 거다. 시간이 남아 있다는 건 보이지 않는 곳에 내가 원하는 그것이 존재한다는 거다. 삶의 이유가 되기도 하는 그것을 찾아 나는 달린다. 고독이 나를 얼마나 훈련시켜 지금의 나를 있게 해 주었는지 오로지 감사할 뿐이다. 여리디여린 나에게 많은 성숙을 안겨 주었으니까. 고독했던 시간이야말로 축복의 시간이었다. 적당히 타협하며 살고 싶을 때마다 고독과 마주하며 울었으니까. 남보다 더 많이 노력했음에도 실패한 나를 일으켜 세워 주었다. 너무나 아름다운 유혹에 휘둘려 휘청거렸을 때 중심 잡게 해 준 것도 고독이었다. 고독과 지독한 연애에 빠져야 생의 간절함을 깨닫는다. 고독은 내가 존재하는 이유이자 살게 하는 힘이며, 나를 찾는 깨달음이다.

나 홀로 여행은
숙려의 시간

앞만 보며 걷고 달리기만 했던 나에게 독감은 신의 고마운 선물이다. 일주일 병가를 내고 은비령 고개를 넘기로 했다. 산과 바다는 나에게 삶의 동반자라 생각하지만 의미는 많이 다르다. 바다는 차를 타면 쉽게 갈 수 있어 평탄하게 지나온 내 삶을 보는 듯하고, 산은 오르고 내려오는 일을 수없이 반복해야 하기 때문에 평탄하지 않았던 내 삶의 한 부분을 보는 느낌이다. 주로 바다로 많이 가지만 삶의 한계 상황을 느낄 때에는 산으로 간다. 나 자신을 돌아보고 인내심도 키우고. 더 쉽게 말하면 단단하고 독해지기 위해서다. 일이 뜻대로 풀리지 않아 며칠 꽉 막힌 터널에 갇힌 느낌이 들어 숨쉬기도 힘들 만큼 많이 힘들었다. 그것이 감기로 이어진 것 같다.

속으로만 끙끙 앓다가 지면 안 되겠다는 생각이 들어 아픈 몸을 이끌고 차를 끌고 한참을 달렸는데 '여기서부터 강원도입니다'라는 표지판을 보고 나니 그제서야 편안해졌다. 소양호로 갈까 인제로 갈까 하다가 갑자기 생각난 곳이 소설 제목이기도 한 '은비령'이다. 작심하고 은비령을 넘기로 했다. 한계령을 넘을 때는 내 인생의 험난했던 벼랑 끝 순간이 떠오른다. 마치 내 인생의 고비를 보는 느낌이다. 한계령을 타는 내내 길은 꺾어지고 또 꺾어졌다. 조금만 벗어났다가는 어디로 떨어질지 모른다. 정해진 길을 벗어나면 괴로움과 고통이 따르는 인생과 비슷하다는 생각을 했다.

한계령 정상에서 양양으로 가는 고갯길을 오르막과 내리막 그리고 바른길, 굽은 길을 멀미를 해가며 수차례 넘고 나니 귀둔마을로 들어서는 은비령을 만났다. 작가가 소설화하기 이전에는 은비령이란 이름조차 없었던 곳. 작가가 지도를 바꾼 셈이다. 자동차도 사람도 길도 느림의 미학을 느낄 수 있는 곳이다. 인제와 양양을 연결하는 고개가 한계령이라면 은비령은 그 샛길이다. 마치 소설 속의 주인공을 만난 듯 필례약수터에 도착했다. 소설 속 주인공이 머물던 그곳 '은자당' 자리에 필례약수터가 있었고 붉은색 조롱박으로 물을 마셨다. 비릿한 맛과 톡 쏘는 맛이 탄산수 같다. 가까운 거리에서도 볼 수 있는 자작나무가 바람에 흔들리는 모습이 눈물겹도록 아름다웠다. 열도 많이 나고 머리도 아프고 정말 견딜 수 없는 감기인데도 기분이 좋아지고 마음이 편안해지니 몸도 새털처럼 가벼워진 느낌이다. 한 폭의 그림을 보는 듯 아름다운 풍경에 취해 시간까지 멈춘다. '은비령 세상은 멈추어 서고 2500만 년보다 더 긴 시간을 은비령에 갇혀 우주 공간의 사랑에 빠진 남녀가 그곳에 있었던 것 같다'는 소설 속 이야기처럼…. 소설 속 장면을 더듬다 보면 은비령의 신비로움에 시간과 공간을 뛰어넘는 무아의 경지에 이른 듯하다.

여행이 좋은 건, 눈으로 보고 머리로 생각해야 하는 생활과 달리, 그저 가슴으로 느끼면 되는 일탈의 편안함 때문이 아닌가 싶다. 느리게 걸으며 가슴으로 느끼는 여행은 걷다 보면 인생을 배우며 찾아가게 되고, 걷는 것에 몰입하다 보면 지나온 삶을 들여다보게 한다. 한계령을 지나는데 지난해 수해로 유실된 도로 곳곳이 여전히 복구 중이다. 이 또한 쓰러지고 실패하고 상처받은 내 인생의 아픈 흉터를 보는 것 같아 마음이 철렁 내려앉는다. 결국 여행은 자신을 돌아보고 앞으로의 방향을 수정하는 기회를 갖는 숙려의 시간이다.

가장으로
산다는 것은

얼마 전 도배사의 일을 하며 글을 쓰는 등단 11년 차 작가의 가슴 아린 기사가 방송을 탄 적이 있다. 연봉 1300만 원을 받고 도배와 장판 까는 일을 한다. 그것도 유명 대학을 졸업한 40대 가장의 슬픈 이야기이다. 그에게는 글을 쓰는 것이 최고의 일이지만 글 쓰는 것으로는 밥벌이가 되지 않기 때문에 비정규직으로 일을 하면서 자기가 좋아하는 글을 쓴다고 한다. 그의 최고 목표는 전업 작가로 살면서 세 식구가 밥을 먹으며 평범히 사는 것이라 했다. 그의 아내 역시 편의점에서 주말에 시간제 아르바이트를 하며 베스트셀러 작가는 아니더라도 밥을 먹으며 좋아하는 글을 쓰고 싶어 하는 남편의 꿈이 이루어지길 간절히 바라고 있다고 했다. 코끝이 찡해진다.

누구는 회사를 택하여 일을 하고, 누구는 사업을 해서 돈을 벌

고, 누구는 악기를 연주하며 가난하게 산다. 나름의 선택이고 인생이다. 작가 역시 글 쓰는 것이 최고의 일이고 인생이다. 주변을 돌아보면 무거운 짐을 어깨에 지고 묵묵히 가족을 위해 24시간 달리는 가장이 많다. 땀이 차고 마르고 그래서 땀 냄새가 찌들도록 일을 해야 하는 것도 가장의 책임이고 의무이다. '거미는 불도 없는 밤에 거미줄을 친다'는 영국의 소설가 디킨스의 말처럼 먹이를 많이 얻기 위해 쉬지 않고 거미줄을 짜야 하는 거미처럼. 조금 더 나은 행복을 위해 다들 그렇게 산다. 고독하고 외로운 존재가 가장이 아닐까?

어렸을 적 기억이지만 아버지가 한참 후배에게 승진에서 밀려나 낮술에 취해 자식들을 앉혀두고 하신 말씀이 떠오른다. "너무 힘들어 다 포기하고 싶지만 너희들이 있어 버틴다. 얘들아, 열심히 살아라." 지금도 그 한 마디가 유언처럼 메아리친다. 지금 생각하면 세상살이가 너무나 고단했을 아버지. 그래서 더욱 외롭고 괴로워서 술을 많이 드셨나 보다. 고단함을 홀로 풀 수 있는 방법은 술이었으니까. 가장이 되고 보니 늘 괜찮은 척 내색 한 번 하지 않으셨던 아버지의 마음이 이해가 된다.

이대로 두시라

비가 온다는 예보를 들으니까 많은 것들이 스쳐간다. 언젠가 허락하지 않아도 손을 잡고 땀이 나도록 시골길을 걸었던 일. 소나기를 맞으며 강원도 어느 두메산골의 섶다리를 건넜던 일. 길가의 풀잎새 따서 풀꽃 반지도 끼워주고, 예쁜 머리띠 만들어 씌워 주었던 사람. 구두를 벗어놓고 징검다리도 건넜던 일. 흐르는 강물에 오렌지빛 노을이 물들면 서둘러 막차를 타고 귀가했던 추억들이 아련하게 떠오른다. 혼자인 오늘, 그날의 짜릿한 기억들이 가득 차오른다.

추억은 늘 진심이 꾹꾹 눌러 담겨 있어 행복을 선물한다. 만나고 돌아서면 다시 허기진 마음을 안겨주던 사람, 심장 안쪽 가장 깊숙이 들어가고 싶었던 사람, 놓치고 싶지 않았던 그 아름다운 손님, 수백 번을 만나도 착하고 무해했던 한 사람. 혼자여서 쓸쓸하면 쓸쓸할수록, 고단하면 고단할수록 한 사람에게 취한 날들이 떠오른다. 너무 아름답고 온통 무지갯빛이다. 어쩔 수 없이 혼자이거나 혼자가 되었을 때는 더욱 그러하다. 오늘이 그런 날이다. 그 사람이 그리우면 모든 것들을 소환하여 재판하고 판결한다. 우두커니 바라보다가 또 밀어내다가 끌어안기를 반복한다. 오롯이 사랑의 권력을 혼자서 누린다. 잔잔히 흐르는 물결을 보듯 편안하다. 가끔씩 사랑의 권력이 기울거나 흔들릴 때는 무릎 꿇고 절절하게 빈다.

"대단한 걸 원하지 않으니 나를 지금 이대로 두시라. 누울 자리, 입을 옷, 크래커 한 봉지와 사과 한 알이면 충분하니, 내 사람 떠나보내지 말고 이대로 두시라."

내 마음은 당신을 사랑한 다음 페이지를 걷는다

삼청동 커피하우스에서 아메리카노를 주문하고 기다리는데 통유리창 밖으로 익숙한 얼굴이 스쳐 지나갔다. 나는 커피를 받지 않고 뜨겁게 산란하여 부풀어 오른 신념으로 무작정 쫓았다. 발가락이 짓무르도록 달려갔지만 내가 아는 그 사람이 아니었다. 가끔 그리움이 깊으면 그렇다. 얼핏 비슷한 사람을 그 사람으로 착각한다. 나를 비켜간 사람일 뿐인데 그리움은 왜 이토록 잔인할까. 생각을 핥고 지나간 그 사람을 쫓아 나는 어김없이 취하고 충돌한다. 나를 비켜간 사람 때문에 뜨거운 마음은 열리고 차가운 생각은 닫히고 있다. 점점 외딴섬으로 멀어져 간다. 그 얼굴, 그 목소리, 그 체취에 얼마나 길들여졌으면, 그 사람이 얼마나 그리웠으면 살점이 떨어져 피가 나도록 쫓을까. 칭칭 감겨 흐느끼는 그리움을 껴안고 내 마음은 사랑한 다음 페이지를 걷는다.

쌉쌀한 선지국밥을
땀 흘리며
먹을 수 있으니까

하늘에 구멍이 났을까. 비가 내린다는 표현이 무색할 정도로 쏟아진다. 창가에 앉아 있는 빨간 시클라멘 꽃잎에 빗방울이 달라붙는다. 마음속에 선명한 풍경 하나 걸어두고 나는 비를 맞고 있다. 마음까지 흠뻑 젖었다. 나는 날개 없는 천사, 그러니 두 발로 걸을 수밖에. 그 풍경 속으로 들어갈 때까지, 살아질 때까지, 언젠가 사라질 날을 걸을 것이다. 오롯이 홀로 이 비를 섬기며 걸을 것이다. 살면서 절망을 먼저 배운 탓에 익숙한 절망의 힘으로 길이 끝나는 곳까지 걸을 것이다. 굳은살이 박이고, 새까맣게 흙때 묻은 발바닥이 아프게 짓무르도록 걸을 것이다. 내가 살아 있는 한, 쉽사리 살아갈 수 없음을 알기에 아픈 발이 더 아픈 신발을 벗어던질 때까지 걸을 것이다. 걷는 것이 죽도록 미안해질 때까지 걸을 것이다. 자괴감에 빠져 숨어 울지 않기 위해 나는 걸을 것이다. 무너지지 않겠노라며 아슬한 난간에 매달려 버티지 않을 것이다. 갈가리 얼어터진 차가운 이 소중한 진실이 아무 것도 아닌 진실이 되지 않도록. 무섭게 퍼붓는 비가 되어 내 마음, 내 육신을 몽땅 허락하여 걸을 것이다. 아무 데서나 불쑥 나타나 나의 손을 덥석 잡는 어둠을 이제는 용납하지 않을 것이다.

매번 심지처럼 그을리기만 하다가 비켜간 것들을 아쉬워하며 무너지지 않을 것이다. 주변을 서성이는 우연들을 잡아 모아 동그랗고 환한 나의 것, 찬란한 운명으로 만들 것이다. 더 이상 슬픈 나를 지켜보는 내 안의 내가 슬프지 않게 할 것이다. 한 번은 누구처럼 마술의 주인공이 되어, 온 세상을 환희로 물들게 할 것이다. 저절로 내 마음이 나를 찾아와 웃음을 쏟아내도록 만들 것이다. 어느 날 내 마음이 나를 부를 때까지, 두 눈을 부릅뜨고 쏟아 붓는 폭우 속을 걸을 것이다.

11월의 달력 위에 이렇게 절박한 욕망을 기록해 두었다. 생의 팽팽한 대결을 이겨낼수록 햇빛이 너무 밝다. 세기말을 지나 휘황한 봄날이 오면 풀썩 주저앉아 얼굴 묻고 울던 연약한 날들을 어루만질 것이다. 잘 살아냈으며, 당당히 잘 살아 있음을 축하할 것이다. 선명한 풍경 앞에서 활짝 웃는 나를 위해 조금 힘들어도 괜찮다. 시간이 흐를수록 조금씩 괜찮아지고 있으니까. 반나절을 죽도록 걸으니 환하게 저문 저녁이 오고, 쌉쌀한 선지국밥을 땀 흘리며 먹을 수 있으니까. 습관처럼 죄여온 남루한 고단을 내려놓을 수 있으니까. 음악을 고르고, 차를 끓이고, 책장을 넘기고, 화분에 물을 주며, 느리게 수혈할 수 있으니까. 그래서 괜찮다. 마음 속 선명한 풍경 하나를 끌어안으며 살아가고, 살아내며 살아질 때까지, 사라질 날을 걸을 것이다.

기도하며 감사한다

나는 늘 기도한다. 떠오르는 태양을 볼 수 있어 감사의 기도를 한다. 길을 걷다가도 아름다운 풍경을 보면 감사의 기도를 한다. 찬란히 하루를 밝히다가 스멀스멀 사라지는 석양을 보며 기도한다. 소중한 사람과 아름다운 곳에서 맛있는 것을 먹을 때에도, 영화를 볼 때에도, 혼자 쇼핑을 할 때에도, 좋은 꽃향기를 맡을 때에도 나는 감사의 기도를 한다. 두 발로 걸을 수 있어, 두 눈으로 볼 수 있어, 두 귀로 들을 수 있어, 코로 냄새를 맡을 수 있어, 지갑을 열어 물건을 살 수 있어, 지극히 평범한 일상을 건강하게 누릴 수 있어 감사의 기도를 한다. 아플 때나 힘든 일이 머물 때에는 더 간절하게 기도한다. 왼손으로 오른손을 감싸며, 맞잡은 두 손을 가슴에 모은 채 눈을 지그시 감고 절박하게 기도한다. 견뎌 이겨낼 수 있게 용기를 달라고. 지치지 않고 포기하지 않고 꿋꿋이 견뎌 이겨낼 수 있는 힘을 달라고. 현명한 지혜를 달라고

기도를 한다. 견뎌 이겨내어 살아낼 수 있는 힘을 주심에 감사한다. 살아 있음을, 살아감을, 살아냄을 감사한다.

첫걸음을 위해 수만 걸음을 지운다

여행은 '과거'라는 시간의 단편을 불러내어 나를 성찰하는 시간이다. 일이 잘 풀리지 않거나 중요한 결정을 할 때에는 강원도에 간다. 동해바다는 내가 중심을 잡지 못할 때마다 정확한 내비게이션이 되어 준다. 속초에서 40분 정도 가면 사방 천지에 길게 늘어진 황태 덕장이 눈 안에 펼쳐진다. 눈과 황태 그리고 칼바람은 한겨울 강원도에서만 느낄 수 있는 한 편의 수묵화다. 황태마을이 있는 용대리는 산맥을 넘지 못하는 바람이 푄현상으로 돌고 돌아 용대리로 돌아온다 하여 '풍(風)대리'라 불리기도 한다. 영하 15도가 넘는 칼바람을 맞으며 덕장 속의 눈을 털어내고 칼바람에 날려 바닥에 떨어진 황태를 주워 다시 거는 허리가 굽은 팔순 노인의 모습에서 치열한 삶의 단면을 본다. 어디가 살이고 어디가 마디인지 모를, 바람에 튼 울퉁불퉁 주름 잡힌 손등. 그 손이 살아온 삶의 행적을 말해 준다. 힘들지만 자식이라 생각하며 40년을 황태를 만지며 사셨다는 할아버지의 웃음소리에서 편안함을 느낄 수 있다.

북어는 차디찬 바닷바람이 만들지만 황태는 눈과 찬바람이 만든다. 황태는 영하 15℃ 이하에서 꾸준히 얼어야 하고, 3개월 동안은 밤에는 얼었다가 낮에는 다시 녹으며 물기를 머금었다 뱉었다를 반복해야 도톰하고 폭신한 노란 황태살이 된다. 인고의 시간을 지난 봄에야 명품 황태가 태어난다. 할아버지는 마른기침을 연신 콜록거리며 "신발이 쩍쩍 달라붙을 정도의 칼바람을 안고 작업을 해야 하니 일도 고되고 힘들지. 하지만 가장 중요한 날씨가 돕지 않으면 황태 농사는 망하는 거예요. 비가 오면 안 되거든. 인생은 힘든 거예요."라고 말씀하셨다. 정성을 쏟고 하늘이 도와야 만들어지는 것이 바로 황태라는 것이다.

식당을 찾다가 우연히 만난 신문기자의 추천으로 백담사 근처에 있는 한옥식당에 들어가 황태구이를 주문했다. 음식이 나오기를 기다리며 식당 안을 두리번거리니 갖가지 술병들이 눈에 들어온다. 모두 식당 주인이 직접 설악산에서 채취한 약초와 열매로 담근 약술이라 한다. 소나무, 영지, 오디 등 각종 열매로 담근 술이 길게 줄 서 있다. 주인은 국내 유일의 자연산이라고 자랑한다. 왜 사람들은 자연이라면 그렇게 열광할까? 아마도 자연이 인간의 근원이기 때문이 아닐까? 죽어서 영원히 잠드는 곳, 자연으로의 회귀를 우리는 갈망하기 때문이다. 약술 구경에 정신이 빠져 있는 동안에 주문한 식사가 나왔다. 주인은 황태구이에 약술에 매실 등 양념만 서른 가지가 들어간다고 자랑한다. 양념 맛에 길들여진 우리의 입이 문제인지도 모른다. 인공의 맛에 길들여지지 않은 나에게는 황태구이가 맵고 짤 뿐, 황태의 구수한 맛은 느낄 수가 없었다. 차라리 아까 팔순 할아버지가 찢어준 황태포가 훨씬 구수하고 뒷맛이 개운했다.

용대리를 조금 지나면 다시 돌탑들이 장관을 이룬다. 돌탑 사이사이 얼어버린 계곡, 깨진 얼음 사이로 수정처럼 맑은 강물이 흐르는 백담사의 전경이 눈 안에 들어온다. 인간이 아무리 강물을 흐려놓아도 시간이 흐르면 강물은 다시 깨끗해진다. 아마도 자연은 인간과 달리 욕심을 부리지 않기에 아무리 더러워도 시간이 흐르면 정화가 되는지도 모른다. 비운다는 의미는 무얼까? 참 많은 생각을 하게 하는 단어이다. 백담사는 전두환 전 대통령이 머물던 곳으로도 유명하지만 〈님의 침묵〉으로 알려진 만해 한용운 시인의 만해기념관이 있는 곳이다. 참 따뜻해 보이는 '님의 침묵 찻집'에서 차 한 잔을 마시니 가슴속에 쌓였던 속세에서의 묵은 감정들이 내려가는 듯했다.

집으로 돌아오는 길에 "황태를 너는 데는 전쟁을 방불케 하는 속도전은 기본이고 눈이 오면 일일이 황태에 쌓인 눈을 털어줘야 하고 바람 불면 날아간 황태를 하나하나 주워 다시 덕장에 걸어야 하고 봄에 거둔 황태를 밤새도록 손질하며 날을 꼬박 새우기도 한다."는 할아버지의 말씀이 오래도록 귓가에 맴돈다. 황태가 노랗게 익어갈 때까지 여든 할아버지는 지금 이 시간도 어제처럼 혹한과 칼바람에 맞서고 있을 것이다. 나만 힘들 거라 생각했던 일, 내 뜻대로 안 된다고 생각한 일에 대한 실마리가 풀리는 듯하다. 어쩌면 인생이란 것은 불가능한 일들, 없는 길을 내 힘으로 만들며 지나가는 길이다. 지금껏 나를 지탱하게 하는 건, 힘들 때마다 불쑥불쑥 찾아와 행복을 안겨 주었던 건 수만 걸음을 걸어왔던 어제라는 시간이다. 그럼에도 나는 새 길을 위해 휘청거리면서도 걸어왔던 수만 걸음을 지운다. 그리고 낯선 곳에서 새로운 방향으로 첫걸음을 내딛고 있다.

길 위의
인생 수업

첫눈 밟듯 조심조심 살았지만 살아온 날이 어둑하다. 하고 싶은 대로 하고 살지 못해 억울해서일까. 아니면 하고 싶은 일이 여전히 많아서일까. 늘 울고 있는 내 인생이다. 어떤 날은 너무 많이 울고, 어떤 날은 화가 치밀었다. 살아갈수록 살아온 시간에게 미안해진다. 어디로 사라진 걸까. 어제 내가 사랑한 것들은. 충분히 아껴주지 못해서일까. 꿈속까지 찾아와 혼란스럽다. 안 아픈 곳이 없다. 밤새도록 여러 잔의 아메리카노로 고독을 견뎠다. 생각을 켜두고 잠들었다 깨었다 하기를 수십 번, 밤새 천년의 시간이 빠르게 지나간 듯하다. 놓친 것인지 빼앗긴 것인지 모를, 소중한 것에 대한 애착 때문에 몸이 아프고 마음이 무너져 내린다. 일어서기도 버겁다. 두 발로 걸어서 풀밭을 밟을 수 있을까. 내가 아프니까 모든 게 아파 보인다. 아픔은 몸이 먼저 인식한다. 몸이 아프고 마음이 아프면 하찮은 것에도 흔들린다. 어제 무심히 꺾었던 장미꽃도 아프단다. 나의 잘못으로 피해를 준 것 같아 미안하다. 수십 명의 인연들을 소환하여 안부를 묻는다. 아프니까 모든 것이 유예된다. 가늘게 떨고 있는 생의 찬기가 방안 가득하다. 아직 마르지 않는 불안감이 한꺼번에 진지하다. 눈가가 촉촉해진다. 앞으로 벌어질 무수한 일들이 밀려왔다 쓸려간다. 이쪽저쪽의 일들이 서로의 얼굴을 쓰다듬으며 시간을 포갠다. 잡았다가 놓아주고 밀었다가 당기기를 반복하며 존재감을 찾아간다. 번화한 도시에 나 홀로 우울해도 세상은 시리도록 환하다. 나는 죽을 것 같아도 세상은 아무 일도 없는 듯이 평화롭다. 내 하루는 소리 없이 죽어가는데 누구의 하루는 요란하게 산란한다. 시간이 흐를수록 그리운 것들에 대한 미련이 깊다. 누가 먼저 외면했는지 명확하지 않지만 나는 여전히 추억한다. 몸살이 나도록. 너무나 애틋했던 그날들이 아리듯 가슴에 파고든다. 아름다운 것들은 한순간이었다. 오늘따라 "괜찮아질 거야." 란 말이 싫어진다. 세상에서 가장 잔인한 말로 들린다. 내가 아프든, 아프지 않든, 시간은 침묵으로 가르치며 깨닫게 한다. 이 아픔을 견뎌내어 살아내도록. 기다리며 순응하라고, 아직 만나지 않은 더 아름다운 무언가를 발견할 때까지. 불현듯 찾아온 인생 수업은 가혹하도록 지독하게 가르치고, 가르친다.

이제 곧 도시에 저녁이 내리면 태양은 노을로 하루를 씻을 것이다. 땀에 축축이 젖은 구두는 곧 벗겨질 것이고, 기억의 윤곽에서 불붙던 빛도 서서히 버려지기 시작하며 경계를 허물 것이다. 비릿한 시간들은 잃어버린 것을 찾아 부유할 것이다. 바쁜 걸음으로 분주해진 거리에는 깊어진 눈빛으로 땅을 바라보며 걷는 검은 그림자들이 줄지어 설 것이다. 전등 아래 부유하는 먼지들의 빛 속을 도망 나온 말들이 유치되어 있을 것이다. 그 위를 어떤 가로등 불빛이 애썼다는 듯 쓰다듬어 줄 것이다. 숨어 우는 내가 흘린 아픈 말도 그들과 조우하여 다시 밝은 곳으로 걸어갈 것이다. 욕망과 상처를 잘 다스려 스스로 걸어갈 것이다. 웃음 상자 하나 들고 아침 햇살 속으로 걸어갈 것이다.

그 많던 길은
어디로 갔을까

해변을 걷는 내내 마음이 무거웠다. 해변의 바닷새 한 마리 훠이 훠이 날아오르고, 지는 해 사이로 산란하는 어둠이 마음을 재촉한다. 행인들의 웃음소리, 갈매기 소리, 파도 소리, 코끝에 스미는 솔향기도 걱정거리를 밀어내지 못한다. 무거워지는 한 걸음에는 삶의 무게가 실려 있다. 하나의 고민이 이토록 오래도록 나를 옭아맬 줄은 미처 몰랐다. 왜 나는 여기까지 왔을까. 어떻게 돌아갈까. 돌아갈 수는 있을까. 그 해답을 얻기 위해 이 길을 걷고 있는데 실마리를 찾을 수가 없다. 붉은 소나무가 펼쳐진 이 길은 고민에 빠진 나를 자꾸만 외진 곳으로 이끌고 있다. 걷고 또 걷다 보니 길 끝에 와 있다. 바다로 떨어지는 절벽에 서고 보니 정신이 번쩍 들었다. 무엇이 나를 여기까지 이끌었을까. 절벽, 낭떠러지, 벼랑 끝에 서 있다. 나도 모르게 눈물이 났다. 그러고 보니 더 이상 길이 없었다. 지금의 내 인생처럼. 늘 잠이 덜 깨어 충혈된 눈으로 단 한 번도 마음 편히 쉬지 못하고 쩌렁쩌렁 울리는 걸음으로 달리고 뛰면서 여기까지 왔는데 지난한 시간은 나를 떠나지 않았다. 여전히 고단한 삶. 그렁그렁 눈물이 맺힌다. 늘 준비된 마음으로 길을 나섰지만 처음부터 준비된 나의 길은 없었다. 돌아가야 하는데 하면서도 두렵고 불안하다. 돌아가야 하는데 길이 보이지 않는다. 나를 여기까지 데려다 놓고 사라진 그 많던 길은 어디로 갔을까. 돌처럼 단단했던 각오는 어디로 갔을까. 나는 이제 어디로 어떻게 가야 할까.

괜찮아, 다 괜찮아

겨울 햇살인데 너무 밝아 아프다. 두 뺨에 닿는 햇볕이 쓰리다. 저물기 전에 물기 많은 눈이 내렸으면 좋겠다. 후회되는 것들에 대한 섭섭함을, 자괴감을 눈이 다 덮어 주고 밀어내 주었으면. 아니, 비가 내렸으면 좋겠다. 의심으로 흔들리는 마음을 말끔히 쓸어갔으면 좋겠다. 다시 새로움으로 가득 채워져 애정 역인지 미움 역인지 분간이 안 가는 이 혼돈의 시간에서 벗어났으면. 오늘따라 목을 꺾어 올려다본 하늘이 시리도록 슬프다. 하늘에 쓴 애정의 문장이 다 지워진 걸까. 영원인 줄 알았던 애정이 어딘가에 덜컥 이별을 숨겨두었는지 이렇게 두렵다. 내가 깊게, 선명하게 써둔 이름 세 글자가 삭제될까봐 겁이 난다. 시나브로 그리움이 깊어간다. 시나브로 내가 깊어간다. 오늘이 지나면 이 그리움도 추억이 될 테니. 다시 흔들리는 필체로 그리운 이름 세 글자를 정확하게 써 두어야지. 하늘에다가…. 빙글빙글 웃는 얼굴이 아릿하다. 다시 본연의 나로 돌아와 헐거워진 마음을 다잡고 모든 것이 넘치도록 풍만해서 행복했던 그날, 그곳을 탐닉해야지. 그리움을 토해내는 순간 어느 시인의 간절한 문구가 생각난다. "인생에는 면제가 없다. 반드시 해야 할 것이 오고야 만다. 지금 견디기가 너무 어렵다면 다리 건너기라고 생각하라." 그래, 세상의 예법이 허락한다면, 무례하고도 난폭한 욕망을 밀쳐내고 나면, 삶의 구절구절이 절박하다 보면 다다르겠지. 이렇게 내가 시나브로 깊어가면서 좋아지는 것처럼 언젠가는 마주하겠지. 어느 시골 섶다리를 지나다가, 빌딩숲 속을 지나다가, 그도 아니면 지하철 안에서라도 만나겠지. 모든 길 위에서 마음을 찾는 피폐한 육신아, 너는 어쩌다가 높은 곳에다가 별을 걸어두었니. 너는 어쩌려고 어리석은 욕망을 저렇게 많이 쌓아두었니. 어찌하려고. 괜찮아, 다 괜찮아. 저물어가는 하루와 어디에도 닿지 못했던 다리를 부둥켜안고 버티면 되겠지. 어떻게 되겠지.

마음을 움직이는 존재가 되려면

울긋불긋 모두에게 아름다움을 안겨 주었던 단풍도 나뭇가지에서 거침없이 추락하여 어느덧 앙상해졌다. 몇 개 남지 않은 붉은 잎들도 떠나는 가을을 아쉬워하며 애타게 흔들린다. 가을의 끝자락, 누구는 떠나가는 가을이 아쉬워 길 위에서 아픈 방랑을 할 것이고, 누구는 부산하게 새로운 손님, 겨울 마중을 준비하리라. 오늘따라 그리스 시인 소포클레스가 남겼던 '내가 헛되이 보낸 오늘은 어제 죽은 이가 그토록 바라던 내일이다'는 말이 가슴 아프게 다가온다. 누군가 그토록 간절하게 바라던, 하루만, 한 달만 시간을 달라고 외치는 목소리가 들린다. 이 순간을 가볍게 살고 있지는 않는지, 차분히 돌아보게 한다. 하루가 쌓여 1년이 되고, 그 1년이 쌓여 10년이 되고, 그렇게 모든 나날이 쌓여 70년, 80년, 한평생이 되지만. 스스로에게 '잘 살아왔다'란 말을 남길 만큼 1초도 헛되이 보내지 않으려고 애를 쓴다. 그러나 생의 곳곳에는 넘어야 할 높은 벽이 너무나 많다. 수시로 돌부리에 넘어지고, 다치고, 다시 회복해서 일상에 돌아오지만 두려움은 나이가 들수록 커진다. 특히 예기치 않은 사고와 맞닥뜨릴 때 마음이 무너져 내린다. 갑작스러운 가족의 죽음이나, 건강검진을 받았는데 어디가 많이 안 좋아 수술을 해야 한다는 말을 들으면 평상심을 잃는다. 이럴 때 주변에서 흔히 하는 말이 있다. 아등바등 살지 말라고, 즐기며 살라고. 다 부질없다고.

마음이 무너져 내리는 경험은 누구에게나 있다. 다만 그 충격의 크고 작은 차이뿐. 그럼에도 더 열심히 살아가는 것은 나름대로 삶의 이유가 분명하기 때문이다. 아무리 몸이 아프더라도 꾸준히 약을 먹으며 치료하는 것도 어제보다 덜 아프고, 어제보다 조금 더 편안해질 거란 희망 때문이다. 아픔을 견디며 밥을 먹고 운동을 한다. 산다는 것은 모두 비슷하다. 다만 조금 더 많이 아프거나, 덜 아픈 차이이다. 모두에게 박수 받는 성공한 사람일지라도 내밀한 곳을 들여다보면 아픈 것들이 많다. 아무리 길 위에 선명하고 큼직한 발자국을 찍었을지라도 숨기고 싶은 상처는 있다. 가끔 돈이 행복의 전부라고 착각하지만 곰곰이 따져보면 행복의 조건일 뿐. 아무리 돈이 많아도 완전한 만족을 안겨 주지 않는다. 돈으로 많은 것을 살 수가 있지만 시간은 살 수가 없다. 커다랗게 나누지는 못해도 좋은 사람과 함께하는 밥 한 끼, 커피한 잔으로도 얼마든지 행복을 느낀다. 저절로 미소가 번지게 되고 해맑게 웃게 되는 것, 일상에서 얼마든지 만날 수가 있다.

도스토옙스키가 쓴 소설《백치》에 '5분'이란 문구가 있다. 사형대 위에 있는 젊은 사형수를 향해 집행관이 말한다. 사형 전 마지막 5분을 주겠다고. 마지막으로 남은 생의 5분을 사용하라고. 사형수는 이렇게 대답했다.

"이제 이 세상에서 숨 쉴 수 있는 시간은 5분뿐이다. 2분은 동지들과 결별하는 데, 다음 2분은 세상을 하직하는 순간 자신을 위해, 최후의 1분은 이 세상을 마지막으로 봐 두기 위해 주위를 돌아보는 데 쓰기로 했다."

만일 나에게 남은 생의 시간이 5분이라면 그 마지막 최후의 시간을 어떻게 써야 할까? 갑자기 아득해진다. 이 생에서의 남은 시간이 5분이라면…. 이제부터 차분히 정리해야겠다. 생각해 보면 생이 얼마 남지 않은 이들에게는 돈보다 시간이 전부다. 남아 있는 시간이 곧 생명이다. 사라진다는 것은 쓸쓸하고 비참하고 불쌍하다.

몽테뉴는 이런 말을 했다. "누가 당신에게 돈을 꾸어달라면 당신은 주저할 것이다. 그러나 어디로 놀러 가자고 하면 당신은 쾌히 응할 것이다. 사람은 돈보다 시간을 빌려주는 것을 쉽게 생각한다. 만일 돈을 아끼듯이 시간을 아낄 줄 알면 그 사람은 남을 위해 보다 큰일을 하며 크게 성공할 것이다."

그렇다. 돈은 벌 수가 있지만 시간은 돈으로 살 수 없다. 그러니 언제 어디서 멈출지 모르는 나의 시간을 지혜롭게 사용해야 한다. 정확한 분별력으로 지금 해야 할 일, 나중에 해도 되는 일, 가장 중요한 일, 가장 본질적인 것을 구분하면서. 시간을 지혜롭게 관리하는 것은 내 생을 관리하는 것이다. 시간을 잘 관리하면 한 번쯤은 붉은 태양처럼 아름답게 타오른다. 다만 그 시기가 빠르거나 늦을 뿐이다. 뜨는 해든, 지는 해든 짧은 순간 마음을 움직이는 '무엇'이 된다는 것은 참으로 아름답다.

아버지 생신날에

며칠이 지나면 아버지 생신이다. 아버지는 모진 비바람을 막아주던 든든한 산이었다. 공무원이셨던 기억 속의 아버지는 평소 말이 없으셨고, 늦은 퇴근을 많이 하셨다. 일주일에 한두 번은 꼭 술에 취해 있었다. 토끼 같은 자식들 먹일 생각에 종이봉투로 감싼 소고기를 사 들고, 노을 진 골목길을 비틀거리며 걸어오셨다. 술 드시고 오실 때마다 울려 퍼지는 아버지의 노랫소리에는 고단함이 절절했다. 그때는 어린 나이에 세상의 모든 아버지가 다 그런 줄 알았다. 낡은 구두, 해진 양복, 손때 묻은 안경이 내 아버지를 대표하는 것들이다. 아버지가 생각날 때마다 그것들이 겹쳐 늘 울컥한다. 얼마나 외로웠을까. 얼마나 쓸쓸했을까. 혼자인 시간을 어찌 감당했을까. 그때는 왜 아버지의 사랑을 진심으로 읽지 못하고 그 메마른 손 한 번 잡아드리지 못했을까. 아버지 생신이 다가오니 저절로 괜히 경건해지고 뭉친 아픈 기억들이 떠올라 쓸쓸하다. 가신 지 19년, 죄송하고 또 죄송하지만 아버지 좋아하시는 포도주와 인절미를 올려 잠시만이라도 추모해야겠다.

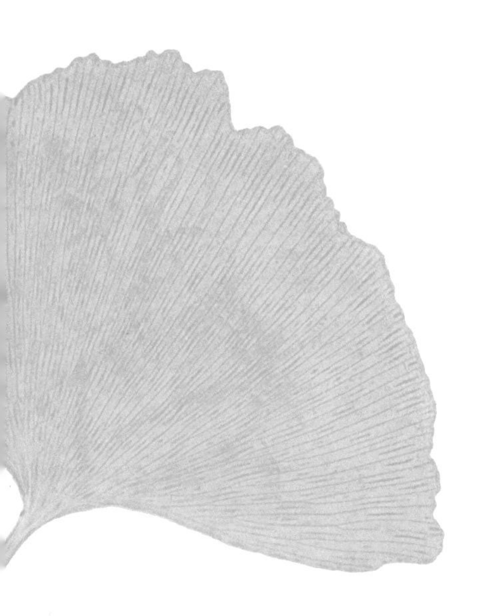

오늘을 사랑하자

가을 햇살은 따사로운데 새로운 것들이 더 새로운 것에 밀려나 변하고 있다. 청아한 새소리가 반가워 웃음이 나다가도 쓰르르 귀뚜라미 울음소리에 서러워진다. 바람에 서걱거리는 갈대소리에 눈물도 흐른다. 시간은 제 갈 길을 가며 나이테처럼 주름을 만드는데 나는 손에 쥔 것이 없어 우울하다. 무엇을 새로 시작하기보다는 지금 이대로가 좋다. 새로운 사람을 만나기보다 오래 만나온 사람이 편하다. 계절이 바뀔 때마다 느닷없이 세상 속을 벗어나 혼자이고 싶을 때가 있다. 오래도록 우두커니가 된다. 철이 들지 않은 어른 아이로 그저 그런 날로 살고 있지만, 그저 그런 보통의 날이 좋은 날이라는 걸 나는 알고 있다. 그래서 말이다, 이대로도 괜찮다. 가족을 사랑하며 글을 쓰며 꿋꿋이 버티자. 어제는 가 버렸고 내일은 아직 오지 않았다. 오늘에 충실하자. 오늘을 잘 버텨내면 수고에 대한 선물로 반듯한 내일을 맞

이할 것이다. 물론 나는 모든 것을 다 할 수는 없다. 그러나 무언가는 할 수가 있다. 그 무언가를 찾아 실천하는 것이다. 그것이 나의 길이다. 반드시 오늘을 사랑하자. 그 힘으로 나의 한계를 뛰어넘을 수 있다. 물처럼 느리지만 수월하게 지나가자. 느린 달팽이가 되자. 괜찮다. 그래도 된다. 다만 중심은 잡자. 그냥 오늘을 사랑하자. 이 평범한 오늘은 어제 죽은 이가 간절히 꿈꾸던 날이 아니던가.

CHAPTER 3

토닥토닥, 수고했어

무엇을 적을까 망설이다가
첫 페이지에 이렇게 적었다.
"무엇보다 자신을 사랑하기를."

희망 속으로 간다

벚꽃이 짙게 타오르고 있다.

둘이서, 셋이서, 가족과 친구가 함께 걷던 길을

오늘은 혼자 걷는다.

꽃비 내리는 오늘,

오랫동안 품고 있던 삶의 고민을 벚꽃 향기 속으로 밀어 넣는다.

꽃잎을 태우는 햇살 속에 세상은 다시 희망으로 속삭인다.

나도 희망 속으로 들어가 노래를 시작하련다.

도.레.미.파.솔.라.시.도

아름다운 화음으로 나에게 맞는 희망을 향하여 걸어간다.

하나, 둘, 셋… 순서대로 한걸음씩 올라간다.

오늘은 하늘도 파랗다.

보이는 모두가 천국이다.

톨스토이를 만나다

톨스토이의 단편집 중 〈세 가지 질문〉을 읽다가 영혼을 뒤흔드는 울림이 있어 스며들기 위해 몸을 낮추었다. 그러나 완전히 들어가지는 못했다. 첫째, 이 세상에서 가장 중요한 사람은 누구인가? 둘째, 이 세상에서 가장 중요한 일은 무엇인가? 셋째, 이 세상에서 가장 중요한 시간은 언제인가?

'지금 내 앞에 있는 사람', '지금 내가 하고 있는 일', '바로 지금 이 시간'

그러나 첫 번째 질문에 대한 답이 생각나지 않는다. 방향이 잘못일까, 나이가 어린 탓일까, 몰입을 하며 고민하는데 '이해 불가'를 바람도 눈치 챘을까? 창문을 타고 들어온 바람이 책장을 넘긴다. 그래, 시간의 나이테가 더 필요할 거야. 다시 읽혀지는 순간에는 '아! 이런 말이었어.'라고 탄성을 지을 거야. 그때까지 덮어두는 거야.

날 수 있을까

모든 일이 물음표로 가득한 오늘 같은 날에는 장미, 백합, 튤립, 히아신스, 포인세티아, 릴리, 아이리스 등 꽃이 많은 정원에 가서 쉬고 싶다. 꽃 한 송이 한 송이에 말을 걸어 나의 질문을 던져놓고 몇 시간쯤 자다 일어나고 싶다. 잠에서 깨어나면 답이 적힌 꽃잎들이 얼굴 위에 살포시 떨어져 있지 않을까.

……

내가 버린 스무 살 즈음의 희망주문을 성급히 찾았다. 매번 내가 주인이 아닌 것 같아 버려 놓고 한참 후에 다시 찾는다. 원시적인 본능일까. 내 호흡수에 맞춰 다시 뛰어보기로 했다. 그것이 5년 후의 나의 모습을 바꾸어 놓을 수도 있으니 현재의 궤도를 이탈하지 않으면서 도전하기로 했다. 버거운 안녕이 될 수도 있지만, 꿈의 실현 또는 세컨드 잡이 될 수도 있으니 모든 가능성을 열어두고 도전하자. 가족 몰래 일간지 '신춘문예 공모' 게시물을 스크랩한다. 다시 마음이 바빠지기 시작한다. 날 수 있을까?

보들레르의 말처럼

'두 어깨를 누르는 중압감이 죽음'이라는 것을 알았을 때 욕망은 강해지나 보다. '잘 사랑하고 있는가'에 대한 시원한 대답을 듣지 못하면 아프다. 셰익스피어도, 쇼팽도 나를 위로하지 못한다. 날렵한 플루트 잔에 빨대를 꽂아 한숨에 들이킨 스파클링 한 잔이 비틀거리는 심장을 관통한다. 무의식 세계로 빠지는 듯 기분이 좋아진다. 정확한 타이밍.

토닥토닥,
수고했어

뚜벅뚜벅 가고 있지만
나아진 것이 별로 없다.
그럼에도 나는 중얼거린다.
"토닥토닥, 수고했어."
꽃비가 어깨에 앉으며 말한다.
"토닥토닥, 수고했어."

마음이 다 자란
어른이 되기까지

살면서 안 되는 것을 외면하지 않으니 아프더라.

살면서 바꿀 수 없는 것을 바꾸다 보니 웃음이 나더라.

살면서 견딜 수 없는 것을 죽도록 견디다 보니 눈물도 나더라.

변하는 것을 포기하지 않으니 '나다운' 나를 만나게 되더라.

무(無)에서 유(有)로 채우다 보니

다시 유(有)에서 무(無)로 비워가는 어른이 되더라.

마음이 다 자란 어른이 되더라.

두 시와 네 시 사이

지칠 줄 모르고 빠르게 움직이던 세상이 조용해진다.

두 시와 네 시 사이. 잠시 쉼표를 날리며 멈추어 서 있다.

지나간 오전의 시간과 다가올 저녁의 시간을 기억하고 상상하는 걸까.

놓친 시간에 대한 늦은 고백과 다가서지 않은 시간에 대한 눈인사일까.

가끔은 말로 표현 안 되는 것들을 시간이 대신해 줄 때가 있다.

세상이 조용히 멈춘 듯 한가한 두 시와 네 시 사이처럼.

영어교재보다는 릴케의 시가,

진 토닉보다는 레몬 티가,

커피보다는 홍차가 어울릴 것 같은,

오후 두 시와 네 시 사이. 여백이 있어 좋다.

이 또한 지나가겠지만.

우체국을 지나며

종로 경찰서 앞 우체통,

붉은 색깔이 그리움의 간절함을 보여 준다.

그림을 그리는 사람이나 시를 쓰는 사람이나

음악을 하는 사람이나 종착지는 하나.

늘 기다림의 길목에는 고독이 전신주처럼 서 있다.

바다에도, 산자락에도, 나처럼,

고독이 누군가를 기다리고 있다.

4월의 오전 11시.

샛노란 유채꽃이 날개를 달고 지상으로 살포시 내려와

기다리는 나를 향해 활짝 웃는다.

안부가 그리운 오늘, 기쁜 소식이 올 것 같다.

봄이 내리는 정원으로

침묵하는 자연은 참으로 위대하다.
나이도 들고, 결핍투성이의 나에게
새로운 희망, 순수한 본성을 찾게 해 주니까.
이제는 새로운 것에 도전하되,
욕망에 휘둘리지 않을 것이다.
욕망을 잘 쓰고 다스릴 것이다.
쓸데없는 것들로 마음을 묶지 않을 것이다.
헐거워진 사유의 끈을 다시 조여
지금 여기, 이곳에서 새롭게 정성을 다할 것이다.
마음으로 인간에 대한 예의를 존중할 것이다.
내가 먼저 다가가 마음을 내어 줄 것이다.
눈의 저울에 달고 슬퍼하지 않을 것이다.
마음의 저울에 달고 기뻐할 것이다.

궁핍하도록 절약하여 나를 결박할 계획 같은 것,
더 이상 하지 않을 것이다.
결핍이 지독하여 궁핍이 되더라도
익숙한 습관에 의지하여 평화롭게 살 것이다.
시골마을의 아름다운 섶다리를 생각하며,
바람을 맞으면서도 생을 놓지 않는 억새를 생각하며,
선명한 희망을 향해 주어진 사명을 수행할 것이다.
희망도 약속이고 사명이라는 것을 명심할 것이다.
사분사분 봄볕이 내리는 날,
단단한 대지를 뚫고 소나무가 푸름을 되찾고,
펄떡펄떡 청개구리가 뛰노는 날이 오면,
꽃빛으로 어우러져 춤출 것이다.
칙칙한 얼굴을 하얀 햇살에 비벼 씻어,
청순한 신부의 얼굴이 될 것이다.
서로 다른 곳에서 하는 일이 달라도
가족, 친구의 손을 잡고 함께 갈 것이다.
모두와 함께 환하게 타오를 것이다.
봄이 내리는 정원으로 함께 갈 것이다.

취해 젖는 세상

9월, 꽃들이 춤춘다.

초록을 배경으로 빨강, 하양, 노랑의 꽃잔치,

하얀 메밀꽃, 샛노란 해바라기, 주홍빛 꽃무릇,

까만 밤하늘의 별까지 춤춘다.

사람이 걸어간다.

바람이 길을 낸 곳을 바람을 맞으며,

구릿빛 얼굴의 노인이 바람에 흔들리며,

수없이 대패질을 한다.

바다를 말리던 바람, 햇살,

염부의 지극정성이 하얀 소금 꽃을 피웠다.

염부와 소금이 하나가 된다.

염전이 환해지고 하얀 빛으로 춤춘다.

염부도, 염전도, 세상도 푹 취해 젖는다.

묘연하지만

영화 〈냉정과 열정 사이〉에 나오는 말이 심장에 콕콕 박힌다.

'사랑이란 너무 열지 않아 지쳐 돌아가기도 하고

너무 일찍 열어 놀라 돌아가기도 하고

너무 작게 열어 날 몰라주기도 하고

너무 많이 열어 날 지치게 하는 거라고.'

서로를 만족시키는 적당함을 아는 이는 얼마나 될까?

나는, 그는, 세상 사람들은,

묘연하다.

다만, 사랑에 대한 만족은 확신이라는 것.

흔들림과 수많은 의혹을 거부할 만큼의 확신,

그 경계에서 누구나 선택의 중심에 서게 되는 거다.

왼쪽, 오른쪽, 어떤 선택을 하든,

내가 정한 궤도를 이탈하지 말 것,

더 큰 후회와 아쉬움을 남기지 않으려면.

새벽 2시.

풀냄새가 나는 커피가 방안을 가득 채운다.

입가에 맴도는 풀꽃향이 참 좋다.

어디로 가야 하나

돌아가리라.

돌아가리라 다짐하면서

펑펑 내리는 눈을 맞는다.

걸어온 길이 보이지 않는다.

걸어갈 길도 보이지 않는다.

그칠 줄 모르고 쌓이는 눈을 바라보며

혼자 중얼거린다.

"어디로 가야 하나!"

오늘도 양날의 칼을 대하듯 하루가 저물었다.

아침에는 희망했다가 저녁에는 절망했다.

아침에는 웃었다가 저녁에는 울었다.

과거 속에
나를 가두지 말자

과거 속에 나를 가두지 말자.

미치도록 오늘을 즐기자.

이별한 사랑에 집착할수록

미래의 사람을 만나기 힘들다.

헤어진 사람은 과거 속의 인물이다.

이제 놓아주자.

훌훌 털어내자.

용서하고 잊어버리자.

한 올의 머리카락이라도 털어내

그에 대한 기억을 모조리 삭제하자.

나를 아프게 하지 말자.

슬프다고 술로 풀지 말고

외롭다고 함부로 아무나 만나지 말자.

바보처럼 울지 말자.
과거 속에 나를 가두지 말자.
그럴수록 앞으로 나아가지 못한다.
바쁜 일상 속에 빠져들자.
충실하게 후회 없이 오늘에 몰입하자.
당당히 내일을 기대하자.
준비된 사람에게 든든한 사람이 찾아온다.
자신 있게 치밀하게 준비하며 기다리자.

끌리는 것들은 마음을 움직인다

이효석은 그의 소설 〈메밀꽃 필 무렵〉에서
메밀꽃을 이렇게 표현했다.
'흐벅진 달빛 아래 굵은 소금을 흩뿌려 놓은 듯'
그렇다. 진한 달빛을 품은 메밀꽃,
그것도 짙은 안개가 능선을 감싸는 새벽 2시.
소금을 뿌려놓은 듯 새하얀 메밀꽃,
은은한 향기는 첫사랑을 시작하는 설렘.
따뜻함, 촉촉함, 상쾌함 자체.
영혼까지 맑아진다.
내 발길을 꽁꽁 묶어둔 미술전람회에서 본,
최고의 수채화랄까.
새벽, 메밀꽃, 어둠, 월광(月狂),
끌리는 것들은 마음을 움직인다.

예쁜 모습 흐트러질까봐 눈길도 조심스럽다.

오묘하다. 신비롭다. 깊이 빠져든다.

나의
행복한 시간

웃다가 울다가 감정기복이 폭발한다.
지갑을 들고 나왔다.
발길을 따라 가겠노라며.
목적지는 책방.
눈길이 닿는 소크라테스, 무라카미 하루키,
알랭 드 보통의 글들이 뒤죽박죽인 뇌를 정리해 준다.
글의 힘, 작가의 힘, 책의 힘이다.
책은 역시 방향을 정확히 짚어주는
이정표라는 것,
테이크아웃 커피, 읽고 싶은 책,
푸른 잉크를 뿌려놓은 듯한
5월의 하늘, 눈도 입도 즐겁다.
몸이 웃는다.

책방을 나오다가 간절한 기다림,

한 통의 기쁜 소식, 설렘이고 행복이다.

인생이라는 이름의 학교

영원한 고통은 없는 법,

그러므로 공평하고 아름답다.

축하의 선물로 빨간색 다이어리를 샀다.

무엇을 적을까 망설이다가

첫 페이지에 이렇게 적었다.

"무엇보다 자신을 사랑하기를."

한 줄의 메시지를 적는 순간

아이에게 새로운 무엇이 열릴 것 같은 기분.

아이는 세상에서 가장 큰 기쁨.

잔잔히 밀려드는 행복감,

모처럼 느끼는 내밀(內密)한 만족,

집으로 가는 발길이 빠르다.

나는 또 누구의 희망이 될까

애벌레는 나비가 되어야 훨훨 날아다니며
꽃들에게 사랑을 줄 수가 있고,
나비는 꽃의 희망이 된다.
애벌레는 그냥 애벌레의 삶으로 끝나기도 하고
인고의 노력 끝에 허물을 벗고 아름다운 나비가 되기도 한다.
인고의 노력, 난 지금 충실히 보내고 있는 걸까?
나는 또 누구의 희망이 될까.
리처드 바크의 〈갈매기의 꿈〉의 조나단이 생각난다.
먹는 것보다 나는 것에 열정을 가지고 몰입했던,
혹독한 좌절, 한계, 외로움을 극복하고
비행에 성공한 조나단.
'높이 나는 새가 멀리 본다'는
사실을 증명했던 조나단처럼

일도 사랑도 미친 열정으로 몰입하자.

1년 후 같은 후회를 하지 않도록.

고해성사하며 하루를 일기장 위에 올려놓는다.

사랑의 기쁨 때문에 웃음 한 줌.

일의 엉킴 때문에 후회 한 줌.

내일은 침착하고 진중하자.

아모르 파티

(Amor fati)

창밖의 빗소리,

비 맞으며 춤추는 보랏빛 라일락,

창밖의 봄 풍경, 아늑하다.

그럼에도 나의 생은 왜 이렇게 고단할까.

서머싯 몸이 쓴《인간의 굴레》에 나오듯.

열심히 공부해서 좋은 직장 잡고,

원하는 사람 만나 결혼하고,

아이를 낳아 잘 살도록 보살펴 주고,

떠나는 것이 책임과 의무를 다하게 되는,

가장 완벽한 생의 무늬란 생각을 한다.

요즈음 내 맘대로 안 되는 일이 생길수록,

이럴까, 저럴까, 망설이며 수십 번 흔들릴수록,

운명론을 이야기했던 니체의 말이 떠오른다.

아모르 파티(Amor fati), 네 운명을 사랑하라,

심장에 각인되어 있는 것처럼,

수시로 불쑥불쑥 튀어 오른다.

그래도, 힘내자. 아모르 파티(Amor fati)

경계를
허문다는 것

마음이 심란해 집 앞에 있는 미용실에 갔다.
그가 즐겨 부르는 이문세의 노래가 흘러 나왔다.
어디를 가든 그가 있다.
괜시리 붉어지는 마음,
미용실 꽃병에 꽂힌 빨간 장미를 닮았다.
여성잡지를 여러 권 섭렵한 사이 머리가 찰랑거린다.
기분이 좋아진다.
'오해와 이해', '사랑과 미움'이 서로의 경계를 허물고 있다.
사랑의 어색한 관계를 고민한다는 건
'우리 이렇게 하자'는 공간을 채우기 전에
쉼표를 찍으며 한 칸 띄어 쓰는 정확함을 바라는 것.
거기에다가 겸손함까지.

하루치의 욕망

막 당신의 애정은 떠났다.

펀치로 A4용지를 뚫으며 창문을 가리며

내려지는 검은 블라인드를 울면서 바라본다.

백지로 보낸 수천 개의 마음을 일일이 해독할 수는 없다.

당신에게 보낸 수만 개의 마음은 똑똑히 기억하고 있다.

당신이 어딘가로 튕겨져 나갈까봐 참 많이 마음 졸였다.

오늘따라 청보랏빛 와이셔츠가 그립다.

단추를 풀며 미소 짓던 당신이 그립다.

당신은 오간 데 없고,

방안에는 몇 잎의 얄팍한 욕망이 흩날리고 있다.

남아 있는 하루치의 욕망을 나는 애정하고 있다.

생을 반듯하게
증명하며 가리라

반드시 높이 날기 위해
목숨을 걸지는 않았다.
살아내다 보니 그렇게 되었다.
그러나 치열했던 만큼 풍경(風景)이 아름다웠다.

날아도 날아도 끝이 보이지 않던
죽도록 아프고 미치도록 아름다웠던
청춘의 날개를 접는다.

오르고 또 오르며 환하게 웃던 날들이 기뻤다.
부딪치며 다치며 슬프게 울던 날들이 슬펐다.
그러나 치열했던 만큼 행복했다.

이제 푸른빛의 블라인드를 내리고

오렌지 빛의 블라인드로 바꿀 시간이 되었다.

찬연했던 화려함을 닫는다.

잔혹했던 슬픔도 닫는다.

천천히, 느리게

가을이 낸 길을 따라

침묵(沈默)하며 음미(吟味)하며

생을 반듯하게 증명(證明)하며 걸어가리라.

기억을 걷는 시간

가수 넬의 〈기억을 걷는 시간〉을 듣고 있노라면
아련한 추억에 잠기는 것이 아니라 가슴이 아리다.
모든 아름다운 것들은 그만한 대가,
고통이나 희생을 지불해야 얻는 것인지도 모른다.
고통 속에 피어난 꽃은 그 자체로 아름답지만,
현재가 비루할수록 지나간 기억도 고통스럽다.
그러나, 분명 추억은 지나간 과거다.
아무리 아름답다 할지라도 돌이킬 수 없다.
그때 그 자리에서 멈춘 흔적일 뿐이다.
새벽 종소리를 들을 때까지 잠 못 이루며,
그때 그곳을 걸어도, 희망의 출구를 찾지 못하면,
아무리 아름다운 추억도 불편해진다.

눈 오는 날의 풍경

회색 빌딩숲 사이로 첫눈이 펑펑 내린다.

한 쌍의 연인이 커피하우스 아래에서,

서로의 눈을 털어 주고 있다.

감색 바바리를 입은 남자가 여인의 뺨을 쓰다듬는다.

긴 생머리에 빨간색 트렌치코트를 입은 여인,

손바닥으로 얼굴을 가린다.

하얗게 반짝이며 떨어지는 해맑은 웃음,

세상이 환해진다.

웅크린 채 그들을 바라보는 외로운 판다가 된다.

그리움을 앓는 판다가 된다.

풍금이 있는 자리

시골집에 가면 고장 난 풍금이 있다.

건반 여러 개가 소리가 나지 않는 50년이 넘은 풍금이다.

어릴 적 나의 꿈과 욕망을 오선지 위로 데려간다.

가끔씩 풍금 앞에 앉으면,

건반을 누르지 않아도 아름다운 소리가 난다.

지나간 추억을 다 소환하여 내 앞에 불러 앉힌다.

풍금 소리가 멎으면,

다시 어둡고 헛헛한 세상으로 걸어간다.

먼지투성이의 건반은 하얀색이었다.

푸른곰팡이가 수북이 내려앉아도 색깔은 바꾸지 못한다.

색깔이 변할까봐 누군가 수시로 먼지를 튕겨버린다.

추억이 사라질까봐 기억의 창고에 쌓인 먼지를 털어낸다.

푸른 미소를 가진 누군가가.

비상

산이 나무를 품었나,

나무가 산을 품었나.

풍경을 바라보며 마음으로 읽는다는 것은

내 자리를 정확히 깨닫고 있다는 것.

때론 고단하고

때론 환희에 찬 삶의 무늬도

흐르면서 성숙해가는 법.

눈앞을 막아서는 욕망에서 벗어나면

하얗게 높이 멀리 날아오를 수 있으리라.

산다는 것은 견디는 것이다

산다는 것은 견디는 것이다.
어제도, 내일도 아닌 오늘을 견디는 것이다.
그것도 내 것만 생각하며 견디는 것이다.
지금 이곳, 내가 하는 일,
내 앞에 있는 사람을 죽도록 견디면 된다.
단 한 번의 생이다. 그리고 누구나 떠난다.
부여잡고 싶은 것도 예정된 수순에 따라 떠난다.
헛헛한 것, 그게 생이다.
가슴 미어지는 일이 있다가도 천연스레 웃음이 나는 것.
힘없이 비틀거리다가도 안간힘을 쓰며 기어이 살아내는 것,
견뎌내야 하는 것, 그것이 생이다.
못 견디겠다며 소리치다가도 숨 고르며 다시 일어나는 것,
아리고 쓰리다가도 달콤한 무엇이 있기에 더 간절한 것,

그래서 힘들어도 견디는 것이다.

무엇이든 넘치면 다친다.

하늘 높은 줄 모르고 차오르던 욕망도 넘치면 추락한다.

한여름 모진 비바람에 땅속으로 찬연히 쏟아지는 푸른 나뭇잎처럼,

채 꽃 피워 보기 전에 추락한다.

저와 닮은 허영의 그림자만 남긴 채.

그러니, 내 몫만, 내 것만 바라보고 죽도록 견디면 된다.

흔들리며 사는 것이 인생이다

살아가는 것은 흔들리는 것이다. 이 세상에 변하지 않는 것은 아무것도 없고, 영원한 것도 없다. 사람은 나이가 들면 늙고, 물건은 오래되면 상처를 입고, 나무 또한 그 언젠가는 쓰러지거나 죽는다. '흔들림', 그것은 바람에 의해서, 그 무엇에 의해서 흔들리는 것이다. 허영이 되기도 하고 욕망이 되기도 하고 이루지 못한 꿈 때문에 흔들리다가 쓰러지기도 하고 다시 제자리에 서 있기도 한다. 그 누구도 흔들리지 않는 인생은 없다. '흔들림'은 돈이 될 수도 있고 권력일 수도 있고 명예일 수도 있고 또 아름다운 외모일 수도 있다. 사람은 태어나면서 죽을 때까지 흔들리다가 사라지는 허무한 존재다. 내가 생각하고 내가 선택한 길을 따라 흔들리며 비틀거리며 살아가는 것이다. 흔들리면서 살아가는 법, 사랑하는 법, 행복해지는 법을 알아가는 것이다.

도종환 시인의 〈흔들리며 피는 꽃〉에 보면 이런 구절이 나온다. '흔들리지 않고 피는 꽃이 어디 있으랴. 흔들리지 않고 가는 사랑이 어디 있으랴. 젖지 않고 가는 삶이 어디 있으랴.' 사람이나 자연이나 흔들리며 살아간다는 것이다. 흔들리면서 기쁨과도 만나고 지나가는 아픔과도 눈인사하고 사람에게 받은 상처는 또 다른 사람이 베푸는 사랑에 의해 치유가 된다. 사람은 누구나 행복해지기를 바란다. 색깔도 형체도 없는 행복을 어디서 만나고 잡을 수 있을까? 돈으로도 살 수 없는 것이 행복이다. 낯선 곳을 여행하면서 간이역에서 기쁨, 슬픔, 눈물, 아픔을 만나면서 행복을 느끼고 불행을 안는다. 어떻게 생각하고 행동하며 생활하느냐에 따라 행복을 느낄 수도 있고 불행을 안을 수도 있다. 행복, 불행, 그들도 흔들리며 사람을 만나는 것이다. 어제는 연예인을 만나고 오늘은 대학생과 만나고 내일은 사춘기 소녀와도 만나는, 지극히 평범한 것이 행복 찾기다. 이 세상은 흔들리며 살아가는 것이다. 자연도 사람도…. 그것이 인생이다.

초등학교 운동장의 4월의 풍경

T.S 엘리엇의 〈황무지〉에 보면, 4월은 잔인한 달이라고 했다. '죽은 땅에서 라일락꽃을 피우며 추억에 욕망을 뒤섞으며 봄비로 잠든 뿌리를 일깨운다.' 어쩌면 망각의 눈에 덮인 동면의 겨울은 차라리 행복한지도. 4월, 뿌린 씨앗에 물을 주고 햇빛을 쏘이고 정성을 쏟아야 꽃이 피고 열매가 맺는다. 나에게 4월은 오로지 노력과 정성만이 최선이다. 자연이나 사람이나, 4월은 분명 혹독할 만큼 '잔인한 달'이다. 나 역시 하루 12시간, 텍스트와 행간을 넘나든다. 오늘은 작업이 수월하지 않다. 나머지 작업을 포스트잇에다 메모하고 쉼표를 찍는다. 5분 거리의 초등학교 운동장을 향해 출발. 오늘따라 학교 운동장이 넓어 보인다. 때마침 점심시간이다. 세상을 향하여 길을 만드는 아이들, 축구공 하나를 갖기 위해 춤을 춘다. 4월의 햇빛이 투명하게 쪼개진다. 아이들의 얼굴에 빛이 난다. 나에게 4월은 잔인한 달이지만, 학교 운

동장, 아이들, 햇살을 마주하니 다시 힘이 솟는다. 초등학교 운동장의 4월의 풍경은 설렘, 꿈이다.

자주 행복하자

영어로 'Present'에는 '선물'이라는 뜻과 '현재'라는 뜻이 있다. 지금 여기, 내가 마주하는 것들이 선물이다.

지금, 여기가 확실한 내 것이다. 가장 소중한 선물을 할 '누구'도 나이다. 오늘 선물하지 않으면 놓칠 수 있다. 내일은 없을지도 모르니까. 한 줌 먼지로 돌아가는 데는 순서가 없다. 지금까지 타인을 우선으로 살았다면 이제부터라도 나 먼저 챙기자. 내일 하며 미루다가 내일을 못 만날 수가 있다. 내가 행복해야 주변 사람들이 행복하다. 한 끼의 식사가 즐겁게 한다면 당장 먹자. 보고 싶은 영화가 있다면 당장 보자. 뉴에이지 음악이 그립다면 당장 듣자. 간절한 것들을 해야 흔들리는 마음도 중심을 잡는다. 작가 어니 J. 젤린스키는 이렇게 말했다. "너 자신과 연애하듯 살아라." 그렇다. 내 인생의 주인공은 나다.

행복은 멀리 있지 않다. 세상의 기준에 맞추지 말고 내 눈높이에 맞추면 행복할 수가 있다. 벼랑 끝 상황을 만나더라도 나를 비난하지 말고 사랑하고 아끼자. 끊임없이 살아갈 새로운 이유를 찾자. 세상에서 가장 애쓰고 수고하는 소중한 나를 위해 정성을 담아 선물하자. 무엇을 하든 첫 번째 의미를 나에게 두자. 나를 위해 선물하고 나를 위해 웃고 나를 위해 울고 나를 위해 노래하자. 후회하기 전에, 늦기 전에 걸어서 하늘까지 가야 하기에. 나를 칭찬하며 위로하자. 지금, 여기, 이 소중한 것들과 맘껏 누리며 자주 행복하자.

CHAPTER 4

참 오랜만에 당신, 당신이 그리워 수줍어지는 밤이에요

간절함은 화석이 되어 단단한 그리움으로 남았습니다.
이렇게 간절함을 담아 바람에게 안부를 전합니다.
"당신, 잘 계신가요. 참 많이 그립습니다."

#1

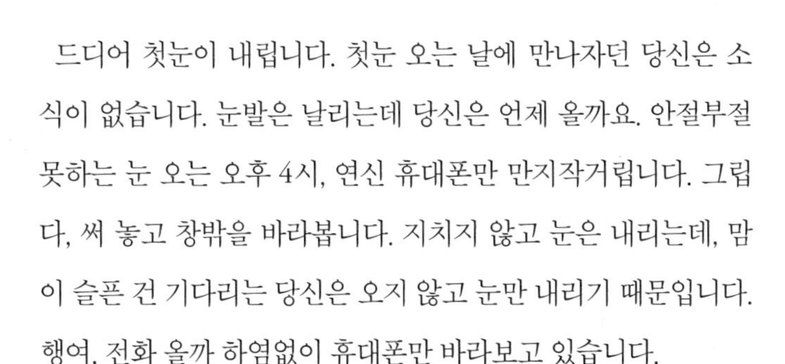

드디어 첫눈이 내립니다. 첫눈 오는 날에 만나자던 당신은 소식이 없습니다. 눈발은 날리는데 당신은 언제 올까요. 안절부절못하는 눈 오는 오후 4시, 연신 휴대폰만 만지작거립니다. 그립다, 써 놓고 창밖을 바라봅니다. 지치지 않고 눈은 내리는데, 맘이 슬픈 건 기다리는 당신은 오지 않고 눈만 내리기 때문입니다. 행여, 전화 올까 하염없이 휴대폰만 바라보고 있습니다.

#2

사랑하면서 무릎 꿇지 않겠다고 다짐했는데 무릎을 꿇었습니다. 당신의 축 처진 뒷모습을 보고 그렇게 했습니다. 외로울 때 가만히 서 있는 풍경은 눈물입니다. 당신, 그럼에도 되돌아보지 말고 가시길. 나는 기어코 일어나 한걸음 앞으로 내디딜 겁니다. 당신도 그렇게 하시길. 응원할게요. 나와 당신을 위해.

#3

눈을 감아도 보이고, 눈을 떠도 보이는 당신. 루이제 린저의 〈생의 한가운데〉를 펼치니 당신이 나타납니다. 언제 어디서나 책장을 펼치면 환하게 웃는 당신이 보입니다. 같은 계절을 스무 해나 지나쳤지만, 여전히 당신은 설렘으로 다가옵니다. 당신을 내려놓으려 했던 그날, 당신을 떠나려 했던 그날, 나는 안녕이라 했지만 당신은 굿나잇이라 했습니다. 나는 당신을 떠나보내려 했는데, 당신은 나를 떠나보내려 하지 않았습니다. 단 한 번도 내 손을 놓지 않았습니다. 웃을 때나, 울 때나 늘 곁에 있었습니다. 함께 기뻐해 주고, 울음을 그칠 때까지, 툭툭 털고 다시 웃을 때까지, 손을 꼭 잡고 묵묵히 기다려 주었습니다. 끝까지 바라보며 곁에 있어 주었습니다. 천 번을 그리워하며 만 번을 기다려도 나는 좋습니다. 나는 행복합니다. 나는 당신이 좋습니다. 나는 당신을 사랑합니다. 나는 당신을 존경합니다. 마지막 숨을 다할 때까지. 당신과 함께 합니다. 이제는 내가 당신을 지키겠습니다. 당신이 무너질 때, 울 곳을 찾아 숨어 울 때, 당신 곁에서, 눈으로, 마음으로, 아픔을 나누겠습니다. 다시 웃는 날까지 지키겠습니다. 곁에서 묵묵히 기다리며 지키겠습니다. 나를 지켜준 그때의 당신처럼. 눈으로, 마음으로, 애틋하게 사랑하며 당신을 지키겠습니다. 멀리 있는 당신이 무척 그립습니다. 하늘의 별이 초롱초롱 내 가슴에 박힙니다. 어느덧 깊어버린 내 그리움이, 몸보다 먼저 당신에게 도착하려나 봅니다. 당신이 그리워 괜히 수줍어지는 밤입니다.

#4

당신을 만나러 가는 길에 노란 마타리꽃이 활짝 피었습니다. 가느다란 꽃대 바람에 흔들거리며 사방에다 가을을 물어다 놓았습니다. 한때는 강물처럼 흐르고 싶었고, 한때는 산 능선을 타고 오르고 싶었지만, 이제는 세상의 아우성 모두 끌어안고 웃음을 주는 꽃이고 싶습니다. 들판에 피는 마타리도 좋고 바위틈에 아슬하게 피어 있는 보랏빛 해국도 좋고 당당하게 산 중턱에 피는 야생화도 좋습니다. 주렁주렁 붉은 열매 매달리지 않아도 좋습니다. 그저 특유의 향기로 인적 드문 곳에 피어나는 꽃이고 싶습니다. 가뭄과 지리한 장마를 견디고 노랗게 꽃가루를 묻힌 채 웃으며 꽃술을 나부끼는 날이 오면 파다닥 날갯짓하며 날아오르는 꿈을 꾸고 싶습니다. 당신과 함께 나란히 꾸고 싶습니다.

#5

'당신'이라는 말이 너무도 쓸쓸해서, 썼다가 지우고 또 씁니다. 친절하고 따뜻했던 두 글자가 입안에 고여 맴돕니다. 손 내밀면 스스럼없이 두 팔로 안아주던 당신, 오늘은 야속하게도 낯을 가립니다. 월광에 물든 외로움, 주인 잃은 두 글자가 허공에 메아리쳐 떠돕니다. 입안이 텁텁하고 깔깔해집니다. 가슴속을 가득 채우던 당신, 이제는 허공을 쓸쓸하게 떠돌고 있습니다. 오늘은 당신이 밉습니다.

#6

나는 우는 것을 두려워하지 않아요. 속울음으로 울고 싶을 땐 동네 소극장을 찾아 실컷 울면 되니까요. 소리 내어 울고 싶을 땐 동네 산에 올라가 마음껏 울면 되니까요. 시원하게 비우고 나면 빈자리에 따스한 햇살과 맑은 바람이 채워집니다. 새로운 그것들이 힘이 되어 또 하루를 살게 하고, 당신을 사랑하게 됩니다. 첫 마음, 그때로 돌아가 애정하게 됩니다. 그리워하며 하던 일 열심히 하며 기다리면 됩니다. 일상생활을 열심히 해야 당신을 만나는 날이 빠르게 도착하니까요. 생각해 보니까 그리워하며 애타게 기다린 날보다, 마음 설레며 사랑하던 날들이 더 많아 행복합니다. 그래서 잠깐 당신이 미워도 용서가 됩니다. 오늘도 내 마음의 추는 당신에게로 기울어집니다. 이렇게 쏜살같이 홍대를 벗어나 양화대교를 통과하는 버스 안에서 휘황찬란한 네온사인을 보며 당신의 이름을 수없이 찾아냅니다. 그냥 웃음이 납니다. 세상 도처에 당신은 그렇게 있습니다. 당장 만나지 않아도, 어디를 가도, 나는 당신을 만납니다.

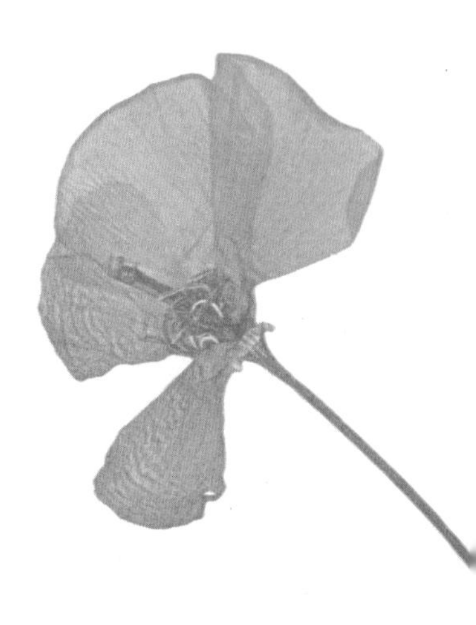

#7

안절부절못하는 마음을 순하게 길들이기 위해 웅크립니다. 햇빛에 비틀거리던 불안한 마음을 가두고 싶습니다. 시간이 앙상한 뼈를 드러내자, 불안한 생각들로 마음에 물집이 잡혔습니다. 평안보다 불안 속에 갇혀 살아온 날이 많아서인지 마음속 트렁크를 여니까 갇혔던 눈물이 소나기가 되어 쏟아집니다.

굳게 닫힌 입술 속에 시간은 뭉개지고, 아무것도 모른 듯이 묶여 있었습니다. 막 아무렇게나 벗어던지고 사라진 불안의 흔적들, 이제는 보이지 않습니다. 지난날들의 불안의 모음들도 기운을 잃어 떠나가고 있습니다. 하늘이 웃습니다. 새가 지저귑니다. 세상이 환해집니다. 드디어 나에게도 아침이 왔습니다. 이제 쏟아지는 저 햇살 속으로 성큼성큼 걸어 들어갈 것 같습니다. 불안의 문을 열고 편한 속으로 통과할 수 있을 것 같습니다. 묶인 모든 것이 풀어지니 이제서야 숨을 쉴 것 같습니다. 등 뒤에서 새로운 욕망이 솟아납니다. 오늘은 하루 종일 맑음입니다. 당신도 그러하기를 바랍니다.

#8

깊은 곳으로 더 깊은 속을 들어갔습니다. 당신의 심장 언저리에 도착했습니다. 욕심내어 내려갔는데 당신은 그곳에 있었습니다. 멀리 간다고, 멀리 갈 거라 했는데 당신은 그곳에 있었습니다. 밀려가고 쓸려가면서도 내 곁에 있는 당신, 나는 기어코 당신을 놓지 않겠습니다. 내 기다림 뒤에 늘 말없이 서 있는 당신, 오늘 처음으로 울고 또 울고 있는 당신을 보았습니다. 나의 웃음이 당신에게 이토록 큰 형벌일 줄 몰랐습니다. 속죄의 내 눈물이 당신의 형벌을 감할 수 있다면 좋겠습니다.

#9

다시, 비가 옵니다. 지치지도 않게 내립니다. 빨간 카멜리아 꽃이 비에 젖습니다. 짙은 향기를 내뿜으며 모질게 비를 맞습니다. 그곳에도 비가 내리고 있습니까. 꽃이 만발하게 피었습니다. 당신이 머무는 정원에도 우리가 사랑했던 카멜리아 꽃이 만발하기를 바랍니다. 당신으로 인해 얼마나 많은 아름다움을 누릴 수 있었는지, 둘이서 함께 가득 찬 상태가, 어떤 넓이와 깊이로 만족할 수 있는지를, 당신은 깨닫게 해 주었습니다. 그래서 많이 행복했습니다. 내 심장의 비밀번호와 같은, 이름 세 글자를 간직할 수 있게 해 주어 고맙습니다. 이제 당신에게 세 들어 살던 나를 가져가겠습니다. 지금 내가 흘리는 눈물, 누구에게도 발각되지 않을 눈물, 이 따뜻한 눈물이 길이 되어 당신에게도 전해졌으면 합니다. 나는 이제 평화롭습니다. 그리고 행복합니다. 당신도 나처럼 따뜻해졌으면 좋겠습니다. 당신도 평화롭기를 바랍니다. 나처럼 행복하기를 바랍니다. 아름다운 곳에서 내내 무탈하시기를 바랍니다.

#10

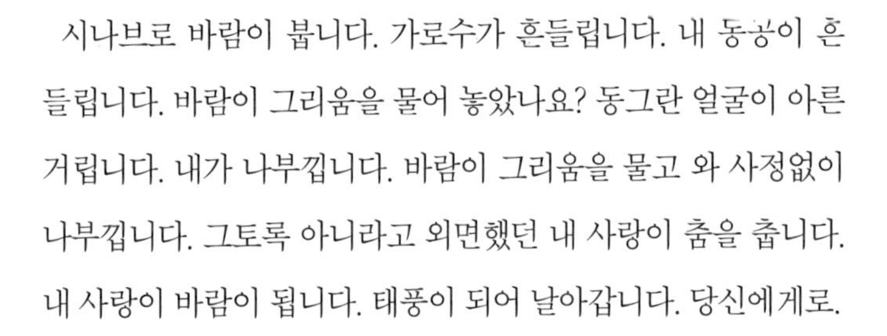

시나브로 바람이 붑니다. 가로수가 흔들립니다. 내 동공이 흔들립니다. 바람이 그리움을 물어 놓았나요? 동그란 얼굴이 아른거립니다. 내가 나부낍니다. 바람이 그리움을 물고 와 사정없이 나부낍니다. 그토록 아니라고 외면했던 내 사랑이 춤을 춥니다. 내 사랑이 바람이 됩니다. 태풍이 되어 날아갑니다. 당신에게로.

#11

까만 도화지 같은 하늘에 둥근 달 하나 떴습니다. 창백한 하늘을 환히 비춥니다. 달이 중심이 되었습니다. 가을이 더 깊어 갑니다. 비로소 온기를 찾은 세상입니다. 달에게 묻습니다. 이 밤 당신도 잘 지내는지. 아픈 데는 없는지. 밥은 잘 먹는지. 함께 달을 보며 함께 느꼈던 그때 그날 그곳이 그립습니다. 오늘따라 둥근달이 더 동그랗습니다. 따뜻함이 그대로 전해지는 가을 밤, 난 달에게 전합니다. 오래도록 따뜻하고 싶다고.

#12

괜찮냐고 잘 지내냐고 물을 것 같아 미리 말할게요. 혼자이지만 잘 지내죠. 전신을 적셨던 슬픔도 외로움도 말라가네요. 아마도 내일모레쯤이면 어둠의 터널을 나갈 수 있을 것 같아요. 부챗살로 쪼개지는 눈부신 햇살을 바라보며 "아, 살고 싶다."고 말할지도 모르죠. 꾸덕꾸덕 잘 말라가는 슬픔 덩어리 위로, 달콤한 기쁨 한 줌이 내려앉겠죠. 쇠사슬을 묶은 듯, 온몸을 칭칭 동여맨 칠흑 같은 이 어둠을 견디면. 조금씩 커가는 푸른 연민이, 내 몸을 감쌀 때마다 죄목이 하나씩 줄어들 테니까요. 그러니 내 걱정하지 말아요. 곧 괜찮아질 거니까.

#13

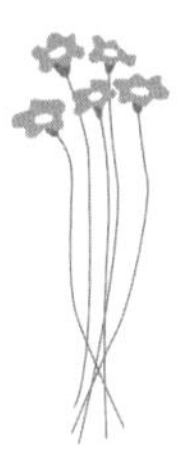

그해 여름은 참 뜨거웠습니다. 그렇게 당신은 가까운 길을 두고 에둘러 먼 길로 나섰습니다. 나는 미리 준비해 둔, 꿋꿋한 견딤을 한 겹 두 겹 껴입었습니다. 깔깔한 슬픔이 파고들지 않도록. 나 역시 지름길을 뒤로하고 함께 다녔던 마트, 커피하우스, 작은 책방을 맴돌았습니다. 네온사인의 불빛 사이로 쏟아져 나오는 연인들, 그 사이를 우회하는 나에게, 고무줄처럼 튀겨져 나오는, 한 자락의 그리움이 내 앞을 막아섭니다. 내가 흔들리는 이유는, 애정을 뿜어대는 연인들 사이에서, 휘청거리는 내 유약한 신념 때문입니다. 서른 살의 애정은 용감했지만 창백하게 끝났습니다. 불더미 같은 욕망을 뒤로하면서도, 언제나 푸르고 깊었습니다. 당신을 만난 그해 여름은 참 뜨거웠습니다.

#14

가로수 길을 걷다가 우연히 당신을 닮은 사람을 만났습니다. 나도 모르게 발걸음이 멈추고 말았습니다. 심장이 쿵쿵 소리를 내며 눈에는 눈물이 고였습니다. 금방이라도 두 볼을 타고 흘러내릴 것 같아 나도 모르게 손등으로 눈물을 훔치며 하늘을 올려다보았습니다. 동그란 당신의 얼굴이 하늘을 가득 채웁니다. 내 안에 자리한 과거의 당신이 현재의 당신을 부르고 있습니다. 당신이 죽도록 그립습니다. 해바라기 같은 당신의 환한 미소가, 당신의 따스한 손길, 당신의 하늘같이 넓은 포근한 마음이 미치도록 그립습니다. 당신이 떠난 빈자리가 이렇게 클 줄은 정말 몰랐습니다. 내 안에 자리한 푸른 나무가 가끔씩 흔들릴 때는 힘이 듭니다. 당신이 보고 싶어, 당신이 그리워 견디기가 힘이 듭니다. 내 심장 한쪽을 마비시킨 당신, 서로에게 꽃물 들다가 서로를 위해 꽃등이 되었던 우리, 가는 길마다 꽃길로 시간을 밝혀

주던 당신이 그립습니다. 간절함은 화석이 되어 단단한 그리움으로 남았습니다. 오늘도 당신이 그리워 우두커니 길 한가운데서 있습니다. 같은 하늘 아래 산다는 것만으로도 위로가 되지만 단 한 번 우연이라도 마주칠 수 있다면 참 좋겠습니다. 나를 사랑하던 당신이 오늘따라 무척 그립습니다. 이렇게 간절함을 담아 바람에게 안부를 전합니다. "당신, 잘 계신가요. 참 많이 그립습니다."

#15

힘이 되어 주기 위해 당신을 찾지만 당신에게 힘을 얻고 돌아옵니다. 당신을 만나면 내 얼굴에 빛이 납니다. 몸이 가볍습니다. 영혼이 맑아집니다. 모두가 깨끗하게 정리가 됩니다. 서로의 마음속을 들여다볼 순 없지만 느낄 수 있는 당신의 마음은 아마도 연둣빛일 겁니다. 시린 겨울 햇빛을 받아 느리게 투명해진 연둣빛의 풀입니다. 그 결을 닮은 당신이 내 안으로 들어왔습니다. 수줍게 웃으며 사랑을 말합니다. 미소까지 연둣빛입니다. 향까지 상큼합니다. 기꺼이, 가장 내밀한 곳으로 이끕니다. 당신 곁에 물들어 나도 함께 춤을 춥니다. 빛이 납니다. 투명합니다. 가볍습니다. 우리는 함께 구름 위를 걷고 있습니다. 서로를 비추며 물들고 깊어지며 춤을 춥니다. 나는 당신을 앓고 당신은 나를 앓고 있습니다.

#16

아침에 일어나 지상에서 가장 아름다운 두 글자, 당신을 꺼내어 읽습니다. 어제 만난 당신의 행동이 내 손끝 따라 움직입니다. 몰입은 공기까지 날카롭게 하지만, 당신에 대한 생각이 부드럽게 벗겨지면 천한 웃음을 흘릴 정도로 나는 좋습니다. 책을 읽어도 지문의 구석구석에 당신이 있어 내용의 주인공이 됩니다. 오늘따라 나를 따라다니는 당신이 가볍습니다. 곳곳을 부유하지만 입안의 젤리처럼 유연합니다. 작업을 하는 순간에도 당신은 항상 내 곁에 있습니다. 쓰고 싶어 어휘가 춤추는 날에는 고유의 무채색을 그려냅니다. 그러나 꾸역꾸역 행간을 호흡하는 나는 이 자리에서 생을 마칠 수도 있겠지만, 당신에 대한 생각을 벗겨낼 때에는 모든 것이 파괴적이고 매력적입니다. 태양을 호흡하면서도 당신을 생각합니다. 생각이 행간 위를 널뛰기하듯 춤을 춥니다. 춤추는 어휘, 나의 분신은 가볍고 아스피린만큼 나쁜 기억을 해독합니다. 오늘 밤, 내가 문을 열면 당신이 문을 닫습니다. 나는 차갑게 열리고 당신은 뜨겁게 닫힙니다. 그 안에서 환한 새 얼굴이 태어납니다. 나를 괴롭히던 고단했던 삶도 잠시 잊습니다. 이윽고 흘러가면 나는 조금씩 사라질 것입니다. 어느 날 느닷없이 홀연히 사라지는 바람의 후예가 될 것입니다. 그때까지 당신은, 내 세상에서 가장 오래도록 늙어갈 단 하나의 문장입니다. 지금은 내가 당신을 읽고 노래하지만, 언젠가는 당신이 나를 읽고 노래하는 날이 올 것입니다. 그때까지 나는 당신을 읽고 노래한 사실을 당신에게 감추겠습니다. 다만, 당신이 그 사실을 발견하도록 시간을 허락하겠습니다. 당신이 나를 완전히 읽고 당신과 내가 하나의 문장이 될 때까지 나는 기다리는 시간을 허락하겠습니다. 지상에서 가장 오래된 문장은 당신이기에, 나는 기다릴 것이고, 기다림은 또 당신을 기다리겠습니다. 한 세상을 함께하며 애정하고 그리워하던 것을 완성하겠습니다. 그날을 위해 지금은 하늘에 그리움의 달만 띄우겠습니다. 그리워할 때마다 그 달을 보겠습니다. 당신도 그랬으면 좋겠습니다.

#17

정선으로 가는 철길 위엔 검은 먼지만 가득합니다. 낮술에 취한 반달은 점점 한쪽으로만 기울어집니다. 귀청이 찢어질 듯한 비행기의 굉음도 이제는 멎었습니다. 모두가 잠든 시간입니다. 마음속 깊이 깔려 있던 기억의 레일이 바깥으로 몸을 드러내고 있습니다. 누군가를 기다리는 듯 몸 전체가 선홍색으로 변해갑니다. 온통 그리움의 붉은 하늘입니다.

#18

참 많이 당신과의 만남을 기다려 왔던 지난날이었습니다. 당신 때문에 참 많이 아팠고 당신 때문에 참 많이 슬펐지만 당신의 사랑 하나로 버텨온 지금에야 생각해 보니 버거운 사랑이지만 아픔도 슬픔도 사랑이 있었기에 이겨낼 수 있었고 아픔이, 슬픔이 아름답다는 걸 느꼈습니다. 비록 매일 얼굴을 맞대고 웃음꽃을 피우지는 못하지만 이렇게 한 걸음 물러서서 바라보는 시간마저도 기쁨이 되었습니다. 며칠 자리를 비운다는 말에 다시는 못 볼 것 같은 생각이 들어 하루하루가 두려운 날도 있었습니다. 한참을 보낸 어느 날 환한 목소리로 잘 다녀왔다는 듯이 고개 내민 당신의 휴대 전화 음성에 그동안 작아졌던 가슴을 다시 자랄 수 있게 풀어 주었습니다. 당신은 이런 나를 모르실 겁니다. 큰 욕심을 내어 당신을 사랑하지는 않겠습니다. 단지 추스를 수 있는 아주 작은 바람이 있다면 내 안에서 당신이 아픔 없이 살기를 원할 뿐입니다. 가지고 싶지만 가질 줄 모르고, 좋아하고 싶지만 좋아할 줄 모르는 당신을 만나기 전 배운 사랑을 다시 꺼내어 보며 마음을 추스릅니다. 이제는 늘 너와 함께한다는 당신의 그 한마디에 더 이상 흔들리지 않습니다. 버거운 사랑도 당신을 사랑하는 그 이유 하나 때문에 이제는 당신은 나에게, 나는 당신에게 영원히 자유로울 수 없는 사람이 되었으니까요. 당신은 '나'라는 사람의 섬에 갇힌 남자, 나는 '당신'이라는 사람의 섬에 갇힌 여자가 되었으니까요. 사랑하는 사람의 섬에 갇힐 수 있다는 것, 그게 바로 행복이라는 당신의 말에 눈물이 흐릅니다. 앞으로도 처음 가졌던 그 마음으로 사랑하고 존경하겠습니다.

#19

생일날 홀로 정선을 찾았습니다. 허름한 민박집에서 고구마를 구워 먹기 위해 난로에 장작을 집어넣었습니다. 타닥타닥 타들어가는 장작 소리와 함께 불꽃이 사방으로 퍼져나갑니다. 불꽃이 무로 번져 갈수록 빛나는 당신의 눈동자가 선명히 다가옵니다. 당신이 쏟아낸 무수한 희망의 말들이 불꽃과 함께 다가옵니다. 밀려왔다 쓸려갔다, 흐르다가 멈추다가 원칙을 깨며 춤을 춥니다. 당신과의 추억이 흐려지고 가난해집니다. 또 쓸쓸해집니다. 아마도 나이가 든 탓이겠죠. 화려했던 순간을 생각하면 여전히 설레고 풍요롭습니다. 추억할 수 있는 기억이 많다는 것은 분명 열심히 살았다는 증거겠죠. 홀로 생일을 보낸 이 순간도 어떤 의미로든 기억이 되겠지만, 오래도록 평화로운 날로 기억되길 바라는 마음입니다. 생일 즈음에 당신이 보낸 장문의 메일 잘 읽었습니다. 편지함을 언제 열까, 한참을 망설였습니다. 메일에 적힌 당신 질문에 대한 나의 답은 같은 마음이라는 것입니다. 오늘 따라 찰리 채플린이 연인 우나 오닐에게 한 말이 생각납니다. "세상의 단 한 사람에게만 느낄 수 있는 것이 사랑이다." 해묵은 기억들이 돌부리에 걸려 넘어지고서야 그리워집니다. 묻어야 할 추억, 뒤엉킨 그리움까지도 분홍빛으로 물듭니다. 아픈 사랑의 기억에도 여전히 그리움은 비처럼 내립니다. 내 무의식 너머에도 여전히 당신은 나를 바라보고 있나 봅니다. 고였다 흩어지고 흐르다가도 변해가는 사랑이 그리운가 봅니다. 당신에게로 방목한 사랑 때문에 참 행복했습니다. 먼 빛이 되어 보이는 당신의 나라에는 여전히 백일홍이 만발하겠죠. 당신이 머무는 그곳은 여전히 아름답겠죠. 우연이 필연이라면 바람에 흔들리며 꽃을 피우는 백일홍처럼 언젠가는 서로의 흰 뿌리에 닿을 수 있겠죠. 댓잎같이 푸르게, 소나무처럼 당당하게 뿌리를 내리겠죠. 가끔 슬픈 현실에 부딪치면 행복한 순간을 밀어내며 살아가지만, 파도처럼 잠시 출렁이다 사라질 순간이지만 그럼에도 고단했던 것보다 가장 즐거웠던 순간이 더 오래 기억되었으면 합니다.

정선의 민박집은 서울의 아파트 숲과 달라, 활활 타오르는 섬광 같은 장작 불꽃이 아니면 시골의 밤 풍경은 온통 새까맣습니다. 겨울바람에 날아가는 불씨는 하늘로 날아가 반짝이는 별이 될 듯합니다. 가족과 사랑하는 것들을 포함하여 내가 지켜야 할 것들을 욕심 부리지 않고 소중히 보듬고 살아온 나에게 내일 다시 고단한 일상을 맞이하더라도 평화롭게 흘러가는 이 순간을 느끼게 하고 싶습니다. 생일날 정선의 낯선 민박집에서 고구마와 인스턴트 봉지 커피를 먹으며 외롭지만 고독을 즐기며 나를 돌아본 시간도 오래도록 기억되리라 믿습니다. 일상이 아무리 외롭거나 힘들거나 지쳐도 삶의 마디마다 찾아오는 착한 쉼의 시간이 있기에 산다는 것은 여전히 희망적이란 생각을 합니다. 심장에 각인된 푸른 눈빛을 떠올리며 흘러갑니다. 물밑에서 흐르는 물처럼 나는 당신으로만 흐릅니다. 가늘게 퍼지며 시들어가는 불꽃 사이로 어렴풋이 당신의 미소 짓는 얼굴이 보입니다. 같은 하늘 아래 어딘가에서 잠을 청하고 있을 당신에게도 평화가 깃들기를 바랍니다.

#20

당신이 그리울 때에는 지하철 1호선을 탑니다. 문이 닫히고 열리기를 수백 번 하다 보면 어둠이 푸르스름한 빛을 뱉어냅니다. 눈 밑이 서늘해졌다 밝아졌다 합니다. 기억 속의 그리운 이름들이 저절로 소환되어 내 옆자리에 앉습니다. 그러나 그 사람도 잠시 머물다 노란 불꽃 속으로 사라집니다. 철컥철컥 계기판 돌아가는 소리에도 깜짝 놀랍니다. 끊임없이 사각대는 기계 작동 소리에, 입과 몸에는 하얗게 곰팡이가 핍니다. 어쩌면 영혼까지 하얀 곰팡이로 번질지도 모릅니다. 당신과의 시간은 모두 신성한 모험이었습니다. 다시 거대한 허무로 걸어 들어갈 자신이 없지만, 지하철의 마지막 문이 열리면 익숙한 거처로 돌아가야 합니다. 당신을 내 옆자리에 남겨 두고.

#21

찬란했던 여름의 끝이 암울합니다. 우리의 계절이 이렇게 끝이 나는군요. 막 피어난 보랏빛 수수꽃다리를 보며 카메라의 앵글을 맞추면서 좋아했던 것, 수채화 물감을 풀어놓은 듯 뻰뻰하도록 파란 하늘을 보며 잔디밭에 누워 미래를 의논했던 것, 삼청동 길을 걷다가 커피를 마시며 고민을 나누었던 것, 터져 오르는 상처까지 아름다움이라 해독했습니다. 소름 끼치도록 아름다운 날들이었습니다. 그러나 미안합니다. 이제는 놓아야 할 것 같습니다. 당신을 담기에는 내 그릇이 너무 작습니다. 감당하기에는 힘에 부칩니다. 언제부턴가 당신을 만나면 오르막길을 걷는 것 같아 힘들었습니다. 높은 산을 오르는 것 같아 힘들었습니다. 숨이 막힐 정도로 힘들었습니다. 힘듦이 지나가길 바랐는데 계속 쌓여만 갔습니다. 큰일이 날 것 같아 여기서 멈춥니다. 당신에게로 흐르던 높고 낮은 음자리표, 질펀한 노래를 모두 멈추겠습니다. 절절했던 내 마음, 내려놓습니다. 절절했던 내 마음, 거두어 갑니다. 당신에게 물들고, 당신 따라 바래져서 뭉근했던 날들, 참으로 즐거웠습니다. 기쁨은 바다를 오래오래 거닐 것이고, 슬픔은 강 하구를 빠져나갈 것입니다. 모든 것이 순리대로 진행될 것입니다. 물들고 바래지면서 동그란 섬이 되는 것이 사랑인 것 같습니다. 잠시, 슬프겠지만 무념의 시간을 갖겠습니다. 오래지 않아 마음의 근육이 생겨 괜찮아질 겁니다. 시나브로 그리움이 바람 되어 밀려들면 눈을 지그시 감고 동그란 섬에 잠시 머물겠습니다. 달 뜨고 감자꽃 피는 날에는 베르테르를 읽으며 유난히 또렷하고 새까만 당신의 눈동자를 기억하겠습니다. 내가 당신에게 닿고 당신이 나에게 닿을 때까지, 그렇게 머물겠습니다.

#22

여름 비치곤 사납습니다. 하늘이 구멍 뚫린 듯 물통으로 들이붓는 듯 두려움이 느껴질 만큼 매섭게 쏟아집니다. 새벽에 느끼는 자연의 공포감은 상상을 초월합니다. 기다림이 길어서인가 문득문득 다가서는 헛헛함이 두렵습니다. 얼마를 더 기다리며 견뎌야 할까요? 무언가를 기다리는 동안 오래전에 본 영화 〈이터널 선샤인〉의 대사가 생각납니다. "당신이 누군가를 당신의 마음으로부터 지울 순 있지만 사랑은 지워지지 않는다"고. 사랑하고, 다투고, 잠시 기다리다 이별하고 그런 게 사람의 인연이라는 것이라 하지만, 온전한 사랑을 위해 얼마나 더 견디며 기다려야 할까요? 천양희 시인의 시 〈견디다〉에 보면 이런 글이 나옵니다. "눈이 늘 젖어 있어 따로 울지 않는 낙타와 일생에 단 한 번 울다 죽는 가시나무새와 백 년에 단 한 번 피우는 용설란과 한 꽃대에 삼천 송이 꽃을 피우다 하루 만에 죽는 호텔펠리니아

꽃과 물속에서 천 일을 견디다 스물다섯 번 허물 벗고 성충이 된 뒤 하루 만에 죽는 하루살이와 …" 이제는 자신이 없습니다. 일생에 단 한 번 울다 죽는 가시나무새가 되기도 버겁고, 백 년에 단 한 번 꽃을 피우는 용설란이 될 열정도 없습니다. 하루를 살기 위해 물속에서 천 일을 견디며 스물다섯 번 허물을 벗는 성충이 되기에는 시간이 부족합니다. 다만, 그것이 내 운명이라면 어찌하겠습니까. 기다리며 견뎌야 한다면 죽을 힘을 다해 마지막으로 견뎌 보겠습니다. 기다림을, 견딤을 사랑하며 죽도록 버텨 보겠습니다. 내 인생 전부를 건 사랑이기에 어쩔 수가 없습니다. 마지막 눈 감는 순간까지 사랑을 놓지 않겠습니다.

#23

애정이 아니라 믿었던 것들이 샘물처럼 솟아나 생채기를 냅니다. 머리로는 이러면 안 되는 걸 알면서도 몸은 그쪽으로 기울어집니다. 심장까지 비틀거리네요. 어느 날 저녁은 당신을 데리고 갔습니다. 그 후 당신의 슬픈 눈물이 내 살 속에 박힙니다. 이제는 내가 먼저 당신을 찾고 있습니다. 이 쓸쓸한 여진이 언제까지 계속될까요. 당신 때문에 울고 나니 한 계절만 있네요. 당신 때문에 울고 나니 한 밤만 있네요. 그리고 그 안에는 덩그렇게 울고 있는 내가 있네요. 영혼과 육신을 번갈아가며 거센 바람이 몰아칩니다. 나도 휘청거리고 세상도 흔들립니다. 놀랍게도 곧 별빛이 내렸고 난 습관처럼 연어샐러드를 만들고 있습니다. 내 곁에는 한 계절만 있고 기나긴 밤만 있네요. 내 그리움은 한 걸음 두 걸음 걷다가 산을 넘었습니다. 내 기다림은 한 걸음 두 걸음 걷다가 강을 건넜습니다. 그리움과 기다림이 한 걸음 두 걸음 걷다가 그 집 앞에 도착했습니다. 그리고 돌아갈 곳을 잃어버렸습니다.

#24

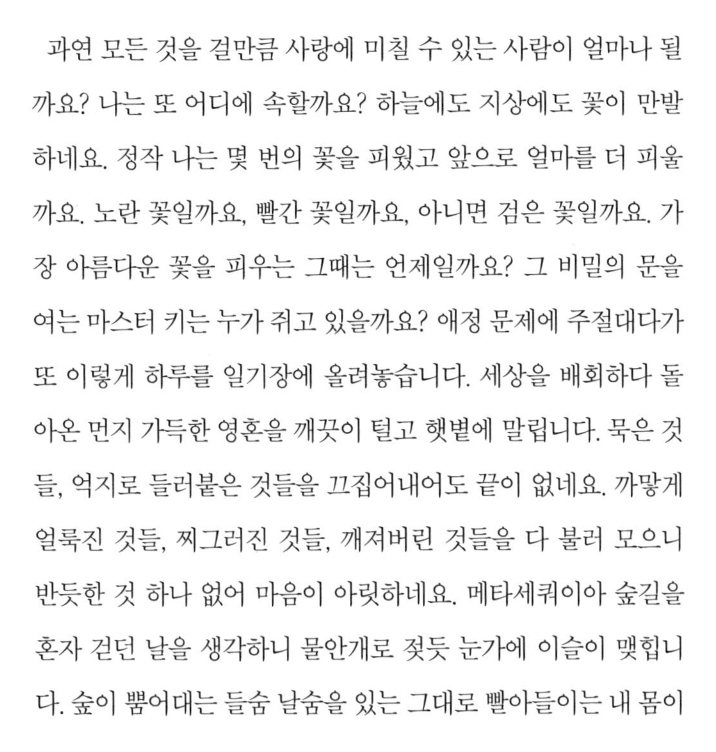

과연 모든 것을 걸만큼 사랑에 미칠 수 있는 사람이 얼마나 될까요? 나는 또 어디에 속할까요? 하늘에도 지상에도 꽃이 만발하네요. 정작 나는 몇 번의 꽃을 피웠고 앞으로 얼마를 더 피울까요. 노란 꽃일까요, 빨간 꽃일까요, 아니면 검은 꽃일까요. 가장 아름다운 꽃을 피우는 그때는 언제일까요? 그 비밀의 문을 여는 마스터 키는 누가 쥐고 있을까요? 애정 문제에 주절대다가 또 이렇게 하루를 일기장에 올려놓습니다. 세상을 배회하다 돌아온 먼지 가득한 영혼을 깨끗이 털고 햇볕에 말립니다. 묵은 것들, 억지로 들러붙은 것들을 끄집어내어도 끝이 없네요. 까맣게 얼룩진 것들, 찌그러진 것들, 깨져버린 것들을 다 불러 모으니 반듯한 것 하나 없어 마음이 아릿하네요. 메타세쿼이아 숲길을 혼자 걷던 날을 생각하니 물안개로 젖듯 눈가에 이슬이 맺힙니다. 숲이 뿜어대는 들숨 날숨을 있는 그대로 빨아들이는 내 몸이 날아갈 듯 가볍습니다. 나이 탓인지 집착도 떨어지고 모든 것에 너그러워집니다. 이제는 사랑하는 것도 순례 같아 죄짓지 말아야겠다는 생각을 많이 합니다. 숲속의 나무처럼 몸도 마음도 편안히 늙어갔으면 좋겠습니다. 버거울 만큼 사무치도록 붉게 물들지 않았으면 좋겠습니다. 시도 때도 없이 나부끼는 그리움도 적당한 곳에서 멈추었으면 좋겠습니다. 추상의 외로움도 이제는 멈추었으면 좋겠습니다. 내가 갈망하는 그곳에 닿지 않는다면 당신이 갈망하는 이곳에도 닿지 않을 테니까요. 욕망에 눈멀지 않으면서도 소중한 것을 지키며 살아가는 윤리적인 순례자가 되고 싶습니다.

#25

당신과 나는 너무 달랐습니다. 당신은 한여름에도 따뜻한 아메리카노를 마셨고 나는 아이스 아메리카노를 좋아했습니다. 시간이 흐르면서 당신에게 익숙해져 당신의 공기를 마시게 되었습니다. 푹푹 찌는 여름에 뜨거운 아메리카노를 마시기 시작했고 당신처럼 따뜻한 것을 좋아하게 되었습니다. 오래도록 익숙하게 길들여진 다름이, 융화되지 않을 거라 생각했는데, 시나브로 당신을 닮아가고 있었습니다. 허락하지 않았는데 당신이 나의 영역을 점령하기 시작했습니다. 나도 모르게 당신의 다름을 닮아 내 것처럼 익숙해졌습니다. 이제는 당신의 다름이 내 것이 되었습니다. 내가 당신을 사랑하기 시작했나 봅니다. 아마도 사랑하고 있나 봅니다. 따뜻한 사랑을 하고 있나 봅니다.

#26

사진 속의 당신과 눈을 맞추고 사진 속의 당신과 입을 맞췄습니다. 가득 차오르는 이 행복감, 보이는 모두가 천국이었습니다. 그냥 좋아 경계선을 허물었습니다. 내 마음은 언제나 그리운 당신을 따라갑니다.

#27

추적추적 가을비 내리는 오후, 오랜만에 광장시장에 왔습니다. 노점에서 파는 티셔츠도 사고 노란 프리지어 꽃도 한 다발 샀습니다. 포장마차에서 어묵도 먹었습니다. 옆에서는 지글지글 소리를 내며 파전이 익어갑니다. 빗방울 속으로 퍼지는 파전 향기가 술을 부릅니다. 포장마차 안에서는 소주를 주거니 받거니 합니다. 시끌벅적합니다. 술잔을 부딪치며 권주가를 부릅니다. 김흥국 씨의 노래 〈59년 왕십리〉가 구성지게 들립니다. 삶의 애환을 술잔에 담아 마시며 젓가락 장단에 맞춰 춤을 춥니다. 흩날리며 쏟아지는 수많은 빗방울이 나를 이끕니다. 하얗게 부풀고 싶어 하던 욕망도 빗속을 헤엄쳐 다닙니다. 푸른 물살을 가르며 강을 거슬러 오르던 곳으로 데려다 놓습니다. 그곳에는 마냥 푸르게 기억되는 목소리가 있습니다. 나를 우두커니 바라보며 하냥 웃습니다. 아침 햇살 같은 눈길을 가진 당신이 있습니다. 그때가 그립습니다. 오늘따라 풀숲에서 비 맞는 가을벌레도 소리 내어 웁니다. 비가 더 많이 내렸으면 좋겠습니다. 비에 쓸려 당신을 만났으면 좋겠습니다. 나란히 한곳으로 가라앉아도 괜찮습니다. 어둠이 깔리며 버스 정류장에는 늦은 저녁이 멈춰 서 있습니다. 빗속을 뚫고 빌딩숲에서 쏟아져 나오는 회사원들이 제각기 흩어집니다. 어둠은 굉음을 내며 질주하던 것들을 지워갈 것입니다. 짧은 외출이지만 이렇게 나오면 나를 속박하던 모든 것들이 힘을 잃습니다. 내가 숨 쉬는 공기의 질량만큼 자유가 넘쳐납니다. 이곳에서 나는 비로소 자유롭습니다. 멀리 있는 당신도 자유롭기를 바랍니다.

#28

잊은 줄 알았습니다. 아니, 정중히 잊으려 했습니다. 그런데 기억은 돌고 돌아도 지칠 줄 모른 채 홀연히 그리움을 물어 놓습니다. 분홍빛 그리움은 늙지도 않는 사랑을 안겨 주었습니다. 기억은 시간의 바퀴를 수천 번 배회하다 이곳에 멈추었습니다. 잊은 줄 알았는데 아니, 잊고 싶어서 외면했는데, 이곳에 오니 기억이 춤을 추고 있습니다. 마주한 눈빛으로 설렘, 떨림, 그리고 마음의 겹침은 선홍빛 그리움을 낳았습니다. 단단한 그리움은 종기가 되어 상처가 되었습니다. 사랑이란 것이 그런 것 같아요. 그리움에 물들면 사랑이 되지만 기다림에 물들면 아픔이 되고 아픔에 물들면 상처가 되는 것입니다. 아닌 줄 알았고, 아니기를 간곡히 빌었는데, 내 그리움의 주인은 당신이었습니다. 그렇게 아니라며 애써 외면하고 서둘러 보냈는데 여전히 당신은 내 그리움의 주인입니다. 이토록 사랑하고 그리워하는데….

#29

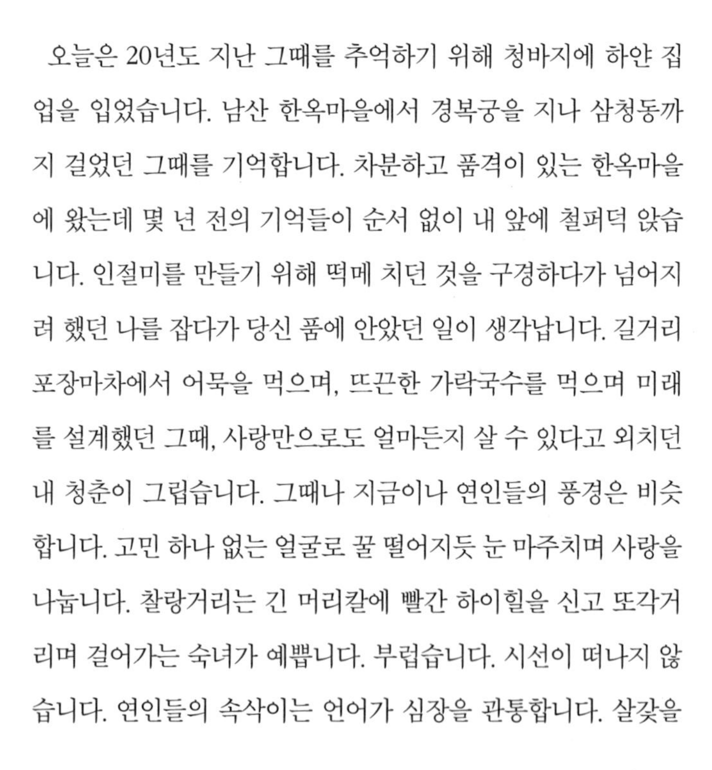

오늘은 20년도 지난 그때를 추억하기 위해 청바지에 하얀 집업을 입었습니다. 남산 한옥마을에서 경복궁을 지나 삼청동까지 걸었던 그때를 기억합니다. 차분하고 품격이 있는 한옥마을에 왔는데 몇 년 전의 기억들이 순서 없이 내 앞에 철퍼덕 앉습니다. 인절미를 만들기 위해 떡메 치던 것을 구경하다가 넘어지려 했던 나를 잡다가 당신 품에 안았던 일이 생각납니다. 길거리 포장마차에서 어묵을 먹으며, 뜨끈한 가락국수를 먹으며 미래를 설계했던 그때, 사랑만으로도 얼마든지 살 수 있다고 외치던 내 청춘이 그립습니다. 그때나 지금이나 연인들의 풍경은 비슷합니다. 고민 하나 없는 얼굴로 꿀 떨어지듯 눈 마주치며 사랑을 나눕니다. 찰랑거리는 긴 머리칼에 빨간 하이힐을 신고 또각거리며 걸어가는 숙녀가 예쁩니다. 부럽습니다. 시선이 떠나지 않습니다. 연인들의 속삭이는 언어가 심장을 관통합니다. 살갗을 파고들어 혈관을 타고 흐르는 말들이 주홍빛으로 반짝거립니다. 그때의 낭만이 그립습니다. "사랑한다."는 당신의 말에 무한한 행복을 느끼고, "행복하다."는 당신의 말에 자부심이 충만했습니다. 그때를 기억하면 다시 설레고 심장이 두근거립니다. 외롭고 쓸쓸해서 유약한 영혼이 자꾸만 어딘가로 튕겨져 나갑니다. 사랑의 기준점이 되어 어디서 누구를 만나든 곁에서 방해했던 당신, 내 심장을 말캉거리게 만든 유일한 당신, 정말 운명이기를 바랐습니다. 그런데 내 살갗 같은 당신이, 나였다가 너였다가 하던 당신이, 이렇게 먼 그대가 되려 합니다. 지금, 당신은 견딜 만합니까.

#30

당신, 그거 아세요? 기다리는 것은, 그것도 형광등처럼 영혼을 환하게 켜두고 현관문 앞에 서서 기다리는 것은, 내가 평생 해오던 일입니다. 당신을 기다리면서 바닷가를 거닐고 있는데 비가 내립니다. 서늘한 빗줄기가 가을을 데려다 주었습니다. 붉은 옷들 벗어지며 총총걸음으로 떠나가는 고즈넉한 밤입니다. 당신과 마주 앉아 뜨거운 커피를 마시고 싶습니다. 그리할 수만 있다면 두터운 고독이 소리 없이 녹아내릴 것 같습니다. 이 편지가 당신에게 닿을지 모르겠지만 아니, 닿기를 간절히 바랍니다.

CHAPTER 5

가끔 사는 게 두려울 때는 뒤로 걸어봅니다

속눈썹 끝에 매달린 기다림의 눈물들
이제야 떨어집니다
어찌 나보다 더 그리웠겠습니까

HAPPINESS

가끔 사는 게 두려울 때는 뒤로 걸어봅니다

가끔
사는 게 두려울 때는
뒤로 걸어봅니다

등 뒤로 보이는 세상을 보며
살면서 가장 행복했던 순간을 생각하며
용기를 얻습니다

가끔
당신이 미워질 때는
당신과 가장 행복했던 순간을 떠올리며
뒤로 걸어봅니다

한 걸음 두 걸음
조심조심 뒤로 걷다 보면
당신을 사랑하면서 아팠던 순간도
당신을 사랑하면서 기뻤던 순간도
한 편의 드라마처럼 흘러갑니다

기쁨의 눈물이
슬픔의 눈물이
하나가 되어 주르르 흘러내립니다

가끔
사는 게 두려울 때는
뒤로 걸어봅니다

등 뒤로 보이는 세상을 보며
살면서 가장 행복했던 순간을 생각하며
용기를 얻습니다

당신이 행복하길 바랍니다

내게 사랑의 의미를 갖게 해 준
당신에게 감사드립니다

당신 때문에 참 많이 아팠고
당신 때문에 참 많이 슬펐지만
그 아픔도 슬픔도 아름다웠습니다

아픔이, 슬픔이
아름다울 수 있다는 것을
내게 가르쳐 준 당신
그래서 당신을 사랑하는지도 모릅니다

나, 당신을 사랑할 수 있어 참 행복합니다

당신 때문에 여전히 아프고 슬프지만
이 고통이 언제 끝날지 알 수 없지만
당신을 사랑하게 된 걸 후회하지 않습니다

만일 당신이 내 곁을 떠난다 해도
난 당신을 영원히 사랑할 것입니다

이제는 당신이 아프지 않기를 바랍니다
이제는 당신이 슬프지 않기를 바랍니다
당신이 행복하기를 바랍니다
이 세상에서 가장 행복한 사람으로 살기를 바랍니다

있는가, 없는가

쏟아지는 폭우에 얼굴을 묻어본 적이 있는가
돌아오지 않기 위해 먼 길을 떠나본 적이 있는가
홀로 겨울 숲에 들어가 소리 내어 울어본 적이 있는가
이별한 후에 죽도록 취해본 적이 있는가
나보다 더 나를 사랑하는 누군가를 만난 적이 있는가
누군가의 영혼을 끌어안아 본 적이 있는가

있다면 충분히 행복한 당신이고
없다면 한없이 쓸쓸한 당신이다

큰 나무 아래에서

큰 나무 아래의 그늘은 넓고도 깊다
그래서 지친 사람들이 쉬어간다

나무는 나이가 몇인지 알려준 적 없지만
사람들은 나무의 나이를 짐작한다
나무는 언제나 흐트러짐이 없다

큰 나무는 비나 바람에도 쉽게 무너지지 않는다
하찮은 것이라도
절대 자기 밖으로 밀어내는 일이 없다

넉넉한 자에게도 가난한 자에게도
똑같이 쉴 자리를 내어준다

나는 당신의 나무이고 싶습니다

난, 당신을 위한
한 그루의 늘 푸른 나무이고 싶습니다

이 비 그치면 파아란 하늘 아래
아름답게 핀 무지개를 보며
당신 앞에 선
한 그루의 푸른 나무이고 싶습니다

말은 못하지만
당신이 힘들고 아플 때
잠시 쉬어 갈 수 있는
한 그루의 푸른 나무이고 싶습니다

그 어떤 비바람에도
모진 해풍에도 끄떡 않는
한 그루의 강인한 푸른 나무이고 싶습니다

당신이 오시면
"어서 오세요, 그늘에서 쉬어 가세요."란 말 대신
푸르게 푸르게 흔들거리면서 쉼터를 주는
한 그루의 나무이고 싶습니다

푸르름이 아주 깊어지면
당신의 아픈 사연, 기쁜 얘기도 들어주며
당신과 함께 일곱 색깔 무지개를 보며
늘 푸르게 푸르게 살고 싶습니다

기쁠 때나 슬플 때나
늘 당신과 함께하는
당신을 지켜주는 늘 푸른 나무이고 싶습니다

토닥토닥
힘내세요, 당신

힘내세요! 당신
당신은 이 세상에서 가장 소중한 사람이에요
당신은 혼자가 아니에요

고단하고 힘들겠지만 용기를 잃지 마세요
아무리 힘들어도 두려워하지 마세요
아무리 힘들어도 포기하지 마세요

인생의 주인공은 당신이니까요
세상의 주인공은 당신이니까요

누가 뭐래도 당신 때문에
행복해하는 사람이 있으니까요

누가 뭐래도 당신이 있어

위안이 되고 고마워하는 사람이 있으니까요

누가 뭐래도 당신이 있어

살맛난다고 하는 사람이 있으니까요

당신이 있어 우리가 사는 세상이 아름다우니까요

당신은 이 세상에

마지막으로 살아 있어야 할 소중한 사람이니까요

세상이 필요로 하는 사람이 당신이니까요

곁에 있는 것만으로도 힘이 되는 당신

미안해요 고마워요 사랑해요

토닥토닥 힘내세요, 당신

동행

소식이 없어도
만나지 않아도
늘 함께하는 사람

함께하기에 괴로워도
함께하기에 너무 아파도
헤어질 수 없는
그대와 나

아무리 힘들어도
다시 일어서게 하는 사람
그대…

그대와 나는

늘 함께하는 사람

오늘도

그대 오시는 길목에 서서

그대를 기다립니다

당신 때문에
난 늘 아픕니다

당신 때문에 난 늘 아픕니다

당신을 만나서 아프고

당신을 못 만나서 아프고

당신의 소식이 궁금해서 또 아프고

당신이 아프지나 않을까 두려워서 아프고

당신을 영 만나지 못할까 무서워 또 아픕니다

당신 때문에 하루도 안 아플 날이 없습니다

이래저래 늘 당신 생각

난 오늘도 당신 생각을 하며 하루를 살았습니다

아픈 하루를 살았습니다

어찌 나보다
더 그리웠겠습니까

어젯밤 내내

가시나무새 되어 울었더니

이.제.서.야 오.셨.군.요

어려운 발길, 고마워요

행여 그대 오실까

앉지도 서지도 못했던 나

그대 고운 발길에

애드벌룬처럼 부풀어 오르는 내 맘

그대는 아실런지요

속눈썹 끝에 매달린 기다림의 눈물들

이제야 떨어집니다

어찌

나보다 더 그리웠겠습니까

그대가 그립다

나 가진 것 다 포기하고

줄 것 다 주고

버릴 것 다 버리고

떠나는 마음

그대가 그립다

당신이
참 좋습니다

날마다 봄 햇살처럼 다가와
내 가슴을 파고드는 당신이 좋습니다

옷깃에 닿을 듯 말 듯 살며시 스쳐 지나가도
나의 살갗 깊숙이 머무는
내 입김 같은 당신이 좋습니다

언제부터인가
마음 깊은 곳에 머물며
내 작은 심장까지 끌어안는 당신이 좋습니다
만날수록 취하는, 느낄수록 진한
깊이 우려낸 포도주 같은 당신이 좋습니다

당신을 만나서 정말 좋습니다

당신을 사랑하게 되어 행복합니다

당신이 참 좋습니다

너를 사랑하다
사랑하는 법을 배웠다

사랑의 시작과 끝은 어디에도 없다는 것을
사랑이 시작되는 순간부터 세상의 중심은 나라는 것을
너를 사랑하면서 알게 되었다
지독한 사랑을 하게 되면 몸보다 가슴이 따스해진다는 것
너를 사랑한 후에 알았다

생각하면 너와 나의 사랑
쉼표도 마침표도 없이 끝없이 이어진 하늘길 같다
늘, 내 손을 잡아당기며 너에게로 이끄는 힘
가끔은 너의 손을 잡아 나에게로 이끄는 힘
그래서 우리 사랑은 너무나 닮은 것 같다
아무리 힘들어도 웃는 네 얼굴 바라보면서 힘을 얻는 것
넘어지다가도 벌떡 일어서는 것

가끔은 너로 인해 내 맘 가시나무처럼 흔들려도
묻고 싶은 말들 맘속에 숨겨두고 말 못 한 채
혼자서 가슴앓이하는 나

그저 까만 하늘 아래 외롭게 떠 있는 초승달을 보며
너를 위해 기도하는 것
가슴 저리게 너를 보고파 하는 것
네가 그립다, 너를 사랑한다
그래서 미안하다는 말을 꾸욱 삼키는 것
그리고 찾아오는 따뜻한 위로의 아침 햇살처럼

이제 보니 사랑이란
오랜 키스처럼 달콤하지만 아쉬움이 남는 것
그리고 오래 오래 스며드는 그 무엇이지
머리부터 발끝까지 찾아오는 기분 좋은 전율 같은 것이야

마치, 나무가 예쁘게 자라면
나무뿌리에서 줄기로 타고 올라가
꽃을 피우는 기분 좋은 신음 소리 같은 것이겠지

속으로만 꽃피는 무화과처럼

서로의 몸속으로 오래 머무는 그 무엇이 되는 것이겠지

서로의 가슴을 따뜻하게 데워주는 둘만의 긴 추억이 되겠지

아! 오늘도 남쪽으로 창을 열면 내 사랑이 보인다

햇살 아래 눈부신 네가 보인다

나에게도 그런 사람이 있으면 좋겠네

아주 가끔 삶에 지쳐

내 어깨에 실린 짐이 무거워 잠시 내려놓고 싶을 때

말없이 나의 짐을 받아주는 사람이 있으면 좋겠네

아주 가끔 일에 지쳐 한없이 슬퍼

세상 일 모두 잊고 어디론가 훌쩍 떠나고 싶을 때

말없이 함께 떠나주는 사람이 있으면 좋겠네

삶에 지친 내 몸 이곳저곳 둥둥 떠다니는

내 영혼을 편히 달래주며 빈 몸으로 달려가도

두 팔 벌려 환히 웃으며 안아주는 사람이 있으면 좋겠네

온종일 기대어 울어도 그만 울라며 재촉하지 않고

말없이 어깨를 토닥여 주는 사람이 있으면 좋겠네

나에게도 그런 든든한 사람이 있으면 좋겠네

그대에게
띄우는 편지

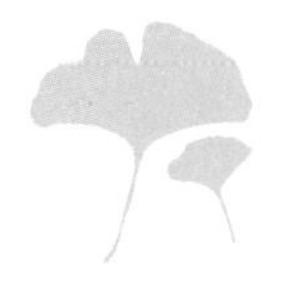

소리 내어 울고 싶은데
그것도 맘대로 할 수가 없습니다

숨어들 곳 한 군데 있다면
지금이라도 당장 뛰어가고 싶은데
알 수 없는 매달림 때문에
하염없이 서글퍼지기만 합니다

사방을 둘러보면 그 어딘가에는
내 눈물을 닦아주고 내 슬픔 감싸줄 이 있겠지만
정작 나를 이해한다며 등이라도 두들겨 주며
날 위로해 주는 사람이 있으면 좋겠습니다

내가 사랑하는 당신이
나를 사랑하는 당신이
당신이 그런 사람이었으면 좋겠습니다

순간적인 횟김에 그 어딘가 찾아가면 반겨줄 이 있겠지만
끝까지 내 편이 되어 바람막이로
든든하게 지켜 줄 사람이 있으면 좋겠습니다

내가 사랑하는 당신이
나를 사랑하는 당신이
당신이 그런 사람이었으면 좋겠습니다

이런 축축한 기분일 때
소리 질러도 미안하지 않고
달려가 안겨도 부담스럽지 않고
설사 기절을 해도 뒷일이 걱정되지 않는
그런 사람이 있으면 좋겠습니다

내가 사랑하는 당신이
나를 사랑하는 당신이
당신이 그런 사람이었으면 좋겠습니다

널 잊을 수 있을까

기억보다 망각이 앞서면
널 잊을 수 있을까

눈물이 빗물처럼 흘러내려도
널 내려놓을 수 있을까

네 이름 석 자만 떠올려도
심장의 울림이 기적 소리 같은데
널 지우개로 지우듯 지울 수 있을까

눈물이 마르고 심장 소리 멈추면
널 정말 잊을 수 있을까

일생을 참 슬프게 사는 꽃
보고 싶은 그리움을 견디다 견디다
꽃으로 피어나는 상사화처럼
너와 나의 사랑도 그럴지도 몰라

아!
아직도 사랑할 시간이 너무 많은데
우린

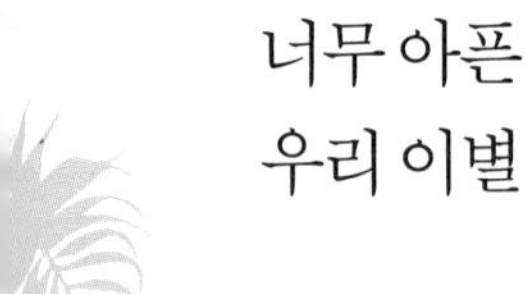

너무 아픈
우리 이별

그냥 왔습니다
오다 보니
그대가 사는
이곳까지 오고야 말았습니다

오지 말아야 했음에도
와서는 안 되는 곳인 줄 알면서도
한 걸음 두 걸음 걷다 보니
이곳까지 오고야 말았습니다

당신이 보고 싶었지만
당신께 전화를 걸고 싶었지만
우리는 헤어졌기에

발길을 돌려야만 했습니다

헤어진 지 오래지만
사랑했던 기억의 저편에서
늘 서성이는 그대

이럴 줄 알았더라면
이렇게 잊기 힘들 줄 알았더라면
헤어지지 말걸 그랬습니다
차라리 헤어지지 말걸 그랬습니다

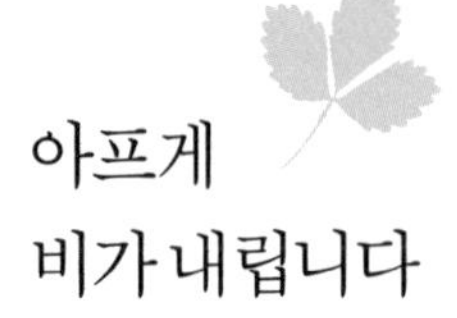

아프게
비가 내립니다

아프게 비가 내립니다
그대가 비가 되어 내립니다

아프게 내립니다
빗방울이 그대 눈물처럼 느껴집니다
빗방울이 그대 얼굴처럼 보입니다

비가 내립니다
아프게 슬프게 내립니다
그대가 그립습니다
그대 사랑 껴안고 그대를 기다립니다
하지만 그대는 너무 멀리 있습니다

나 오늘 비에 쓸려서

나 그대 곁에 갈 수 있다면 좋겠습니다

그대를 만날 수 있다면 좋겠습니다

단 한 번만이라도

사랑하는 그대를 만날 수 있으면 좋겠습니다

사랑은
아름다운 손님이다

사랑은 자로 재듯
정확한 날짜에
찾아오는 것이 아니다

때로는
소나기처럼 갑자기
때로는
눈처럼 소리 없이
때로는
바람처럼 살포시
내려앉는다

그래서

사랑은 손님이다

언제 찾아와

언제 떠날지 모르는

아름다운 손님

그게 사랑이다

나를 꼭
잊고 싶다면

나를 꼭 잊고 싶다면

조금씩 지워가며 잊어주시기를

나를 꼭 지우고 싶다면

한꺼번에 삭제 버튼을 누르지 마시고

당신을 흔들어 놓았던 메일을

한 줄씩 지워가시기를

바라옵건대

조금씩 천천히 지워가시기를

그저 당신에게 용서를 구할 것이 있다면

허락받지 않고 당신을 사랑한 죄밖에 없으니

가끔씩 당신이 그리우면
당신에 대한 기억 몇 자락만이라도 몰래 끄집어내어
혼자만이라도 웃고 또 울며 추억할 수 있게
새털만큼 가벼운 흔적만이라도 남겨 두시기를

나를 꼭 잊고 싶다면
조금씩 지워가며 잊어주시기를

사랑하기 좋은 날,
그날이 와서

사랑하기 좋은 날, 그날이 와서
내가 너에게 사랑으로 다가간다면
네가 나에게 사랑으로 다가온다면
참 좋을 텐데

사랑하기 좋은 날, 그날이 와서
내가 너의 꽃으로 피어
네가 그 꽃에 이름을 지어 주고
이름을 부르며 사랑으로 다가온다면
참 좋을 텐데

두 뺨이 붉어지고
두 마음이 하나로 겹쳐

서로의 가슴에 벅찬 숨결이 될 텐데
앵두 같은 두 입술이 부딪쳐
세상은 천국, 온통 별빛으로 충만할 텐데

사랑하기 좋은 날, 그날이 와서
내가 너에게 사랑으로 다가간다면
네가 나에게 사랑으로 다가온다면
너는 나무가 되고, 나는 꽃으로 피어
우린, 하나가 될 텐데

너를 사랑한다

사랑한다, 또 사랑한다
너를 사랑한다
매일 장미꽃잎의 수만큼 너에게
사랑한다는 말을 들을 수 있다면 얼마나 좋을까

아이리스 커피 향을 맡으며
오늘도 변함없이 기다리는
나를 향한 너의 러브메일

오늘은 어떤 무늬로 나를 기쁘게 할지
오늘은 어떤 빛깔로 나를 애태울지
늦은 밤 슈베르트의 세레나데를 들으며
오늘도 변함없이 너에게로 사랑의 주파수를 보낸다

사랑한 걸
후회하지 마라

이 세상에 소중하지 않은 만남은 없다
사랑한 걸 후회하지 마라
좋았다면 아름다운 추억이고
나빴다면 뼈아픈 경험이다
좋은 인연도, 나쁜 인연도
모두 내 인연을 만나러 가는 과정이다
그러니, 사랑한 걸 후회하지 마라

그래, 인생은 단 한 번의
추억 여행이야

눈물겹도록 미친 사랑을 하다가
아프도록 외롭게 울다가
죽도록 배고프게 살다가
어느 날 문득
삶의 짐 다 내려놓고
한 줌의 가루로 남을 내 육신
그래, 산다는 것은
짧고도 긴 여행을 하는 것이겠지
예습도 복습도 없이
처음에는 나 혼자서
그러다가 둘이서 때로는 여럿이서
마지막에는 혼자서 여행을 하는 것이겠지
산다는 것은

사실을 알고도 모른 척

사람을 사랑하고도 아닌 척

그렇게 수백 번을 지나치면

삶이 지나간 흔적을 발견하겠지

아, 그때는 참 잘했어

아, 그때는 정말 아니었어

그렇게 혼자서 독백을 하며 웃고 울겠지

아마도 여행 끝나는 날에는

아름다운 여행이기를 소망하지만

슬프고도 아픈 여행이었어도

돌아보면 지우고 싶지 않은 추억이겠지

짧고도 긴 아름다운 추억 여행

그래, 인생은

지워지지 않는 단 한 번의 추억 여행이야

인생의 스승은
시간이다

인생의 스승은

책을 통해서 배운다고 생각했는데

살아갈수록 그게 아니라는 생각이 든다

언제나 나를 가르치는 건

말없이 흐르는 시간이었다

풀리지 않는 일에 대한 정답도

흐르는 시간 속에서 찾게 되었고

이해하기 어려운 사랑의 메시지도

거짓 없는 시간을 통해서 찾았다

언제부턴가 흐르는 시간을 통해서

삶의 정답을 찾아가고 있다

시간은 나에게 스승이다
어제의 시간은 오늘의 스승이었고
오늘의 시간은 내일의 스승이 될 것이다

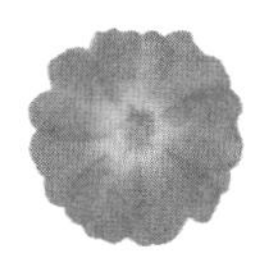

가난한
시인의 기도

하나님!
벼랑 끝이 너무 지난합니다
포기하고 싶도록 지쳐 있습니다
그래서 절박합니다
너무 간절합니다

마지막으로 절박하고 간절하게 기도합니다
왼손으로 오른손을 감싸며
맞잡은 두 손을 가슴에 모은 채
무릎 꿇고 울부짖으며 마지막으로 기도합니다
이 고난을 포기하지 않고
견뎌 이겨낼 수 있게 도와주세요
힘없는 제 손을 잡아주세요

주저앉았지만 마음만은 무너지지 않게
나약하지 않게, 꿋꿋이 일어서
한 걸음 앞으로 옮길 수 있게 힘을 주세요
다시, 두 발로 걷고
보고, 듣고, 느낄 수 있게, 힘을 주세요

절박하게 간구합니다
제발, 부디, 홀로 이 어둠 속을 걸어나가는
가난한 시인에게 빛을 주세요
나의 하나님!

이토록 아름다운 세상에 너와 함께라서

무엇이라 부를까
무엇이라 노래할까
꽃이라 할까
나비라 할까

네가 나에게로 소풍 온
이렇게 좋은 날
쏟아진다, 웃음이
범람한다, 기쁨이

세찬 바람이 불어도 좋고
억수같이 비가 쏟아져도 좋다
이렇게 좋은 날, 너와 함께라서

너로 하여금 새로운 세상이 열리고
꿈이 내리고 사랑이 내린다
새로운 세상이 열린다
행복이 춤추는 우리의 길이 시작된다

온통 무지갯빛 세상
이토록 아름다운 세상에 너와 함께라서
나는 좋다

버림의 미학

욕심을 버리니
스쳐가는 바람에도
고마움을 느끼고

길가에 피어난
이름 모를 꽃도
귀하게 느껴졌으니까

집착을 버리니
기다림도 그리움이 되더라

생의
한가운데에서는

눈의 저울에 달고 슬퍼하지 않기를

마음의 저울에 달고 기뻐하기를

궁핍하도록 절약하여 결박 같은 것 하지 않기를

익숙한 습관에 의지하여 평화롭기를

결핍이 지독하여 궁핍이 되더라도

행인을 만나 울기보다는 더 많이 웃기를

사랑에 빠지고 이별하고 또 사랑하고

반복되는 생활에 무뎌질 만큼 익숙해지기를

삶의 수레 위에 묵직한 것들이 오르내릴 때

아주 가끔은 뒤에서 밀어주는 행인을 만나기를

수레바퀴가 빠질 때 능력의 한계에 욕심내지 않기를

덜어내고 덜어내어 내 욕망의 수레를 끌어가기를

생의 한가운데에서는 제발 그러하기를

나에게 힘을 주소서

나에게 힘을 주소서
지치고 힘든 일에 부딪칠 때마다
툭툭 털고 다시 일어날 힘을 주소서

남 탓으로 세상 탓으로 원망하지 않게 하소서
오로지 나의 실수로 인정하게 하소서

전신이 삶의 상처로 피고름이 흘러내려도
포기하지 않게 하소서
지나친 집착과 헛된 욕망에 빠져
남의 삶을 살지 않게 하소서

나에게 힘을 주소서

어떤 어려움이 찾아와도
견디고 이겨낼 수 있는
나를 신뢰하는 믿음의 기도로
헤쳐 나갈 수 있게 하소서
사랑으로 믿음으로 끌어안을 수 있게
강한 자신감을 주소서

가치 없는 걱정을 물리칠 수 있는
현명함을 주소서
어제보다 오늘, 오늘보다 내일
나를 더 신뢰하고 나를 더 사랑하여
나날이 만족해하는 내가 되게 하소서

일어나지도 않을 일에 대해 걱정하는
어리석은 내가 아니라
일어날 일에 대해 미리 준비하는
지혜로운 내가 되게 하소서
무엇보다도 단단한 삶을 살아가게
나에게 강한 힘을 주소서

늦기 전에

맛있는 음식을 먹을 때는
맛있다고 표현하자
아름다운 음악을 들을 때는
얼굴에 표정을 담아 웃자

누군가로부터 도움을 받았을 때는
눈빛을 맞추며 고맙다고 말하자
사랑하는 마음을 느꼈을 때는
사랑한다고 말하자

속으로만 생각하고 담아뒀던 말들을
아낌없이 표현하자
포장하지도 말고 숨기지도 말고

직설화법으로 쏟아내자

늦기 전에

그대 안에서
쉬고 싶습니다

그대 보고픔이
그대 그리움이
그대 사랑이
어깨를 짓누르는 이 밤
나 그대 안에서
편안히 쉬고 싶습니다

그저 보고 싶기 때문에
그저 그립기 때문에
그저 함께 있고 싶고
그저 사랑하기 때문에
그대 안에서
편안히 잠들고 싶습니다

세상이 내게 준

삶의 짐을 모두 내려놓고

오래 오래 그대 안에서

편안히 쉬고 싶습니다

에필로그

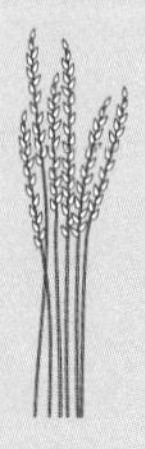

큰일을 이루기 위해 힘을 주십시오, 라고 기도했더니

겸손함을 배우라고 연약함을 주셨다.

많은 일을 해낼 수 있는 건강을 구했더니

보다 가치 있는 일을 하라고 병을 주셨다.

행복해지고 싶어 부유함을 구했는데

지혜로워지라고 가난함을 주셨다.

세상 사람들의 칭찬을 받고자 성공을 구했더니

뽐내지 말라고 실패를 주셨다.

삶을 누릴 수 있게 모든 걸 갖게 해달라고 기도했더니

모든 걸 누릴 수 있는 삶, 그 자체를 선물로 주셨다.

구한 건 하나도 주시지 않았지만

내 소원을 모두 들어주셨다.

하느님의 뜻을 따르지 못하는 삶이었지만

내 마음속 진작 표현 못한 기도는 모두 들어주셨다.

나는 가장 축복받은 사람이다.

- 프란체스코, 〈기도〉 중에서

길 위의 인생 수업

초판 1쇄 인쇄 2020년 11월 10일
초판 1쇄 발행 2020년 11월 18일

지은이 | 김정한
펴낸이 | 임종관
펴낸곳 | 미래북
편 집 | 음정미
본문 디자인 | 디자인 [연:우]
등록 | 제 302-2003-000026호
본사 | 서울특별시 용산구 효창원로 64길 43-6 (효창동 4층)
영업부 | 경기도 고양시 덕양구 화정로 65 한화오벨리스크 1901호
전화 02)738-1227(대) | 팩스 02)738-1228
이메일 miraebook@hotmail.com

ISBN 979-11-88794-66-9 (03800)

값은 표지 뒷면에 표기되어 있습니다.
잘못된 책은 구입하신 서점에서 바꾸어 드립니다.